Julius Hermann von Kirchmann

Ueber das Prinzip des Realismus

Antigonos

Julius Hermann von Kirchmann

Ueber das Prinzip des Realismus

Unveränderter Nachdruck der Originalausgabe von 1875.

1. Auflage 2024 | ISBN: 978-3-38635-135-5

Antigonos Verlag ist ein Imprint der Outlook Verlagsgesellschaft mbH.

Verlag: Outlook Verlag GmbH, Zeilweg 44, 60439 Frankfurt, Deutschland, info@outlook-verlag.de
Vertretungsberechtigt: E. Roepke, Zeilweg 44, 60439 Frankfurt, Deutschland
Druck: Libri Plureos GmbH, Friedensallee 273, 22763 Hamburg, Deutschland

Ueber

das

Prinzip des Realismus.

Ein Vortrag

gehalten in der Philosophischen Gesellschaft
zu Berlin

von

J. H. v. Kirchmann.

Leipzig 1875.

Erich Koschny

(L. Heimann's Verlag).

Ich habe den im vorigen Jahre gefassten Beschluss der geehrten philosophischen Gesellschaft, wonach eine Reihe von Vorträgen über die Prinzipien der verschiedenen philosophischen Systeme gehalten werden sollte, dahin verstanden, dass diese Vorträge sich nur auf die sogenannten erkenntniss-theoretischen Prinzipien zu beschränken hätten, ein Ausdruck, den ich, trotz seines schwerfälligen Pleonasmus, beibehalten muss, da er für diesen Begriff einmal gebräuchlich geworden. Ich werde demgemäss, wie meine Vorgänger, auch bei dem Realismus auf dieses Prinzip mich zu beschränken haben; bitte aber im Voraus um Entschuldigung, wenn ich hie und da den Inhalt mit berühre, da ohnedem jenes Prinzip nicht voll verständlich gemacht werden kann.

Unter dem erkenntniss-theoretischen Prinzip verstehe ich dasjenige Prinzip, auf welches nicht allein der Inhalt eines Systems, sondern auch der Beweis seiner Wahrheit und in vielen Systemen auch die Anordnung oder das eigentlich Systematische desselben gestützt oder daraus abgeleitet wird.

Man kann hier zunächst das Bedenken erheben, ob überhaupt ein solches Prinzip, insoweit es ein allgemeines Kriterium der Wahrheit für den Inhalt des Systems abgeben will, möglich sei? Kant hat dies bekanntlich in seiner Kritik der reinen Vernunft bestritten, „weil ein allgemeines Kriterium von allem In-„halt abstrahiren müsse, die Wahrheit aber gerade diesen Inhalt „angehe.“ Indess kann diese Wahrheit des Inhalts auch auf die Art seines Gewusstseins oder auf die Quelle, aus der er geschöpft wird, gestützt werden, und ein solches Kriterium kann für allen unterschiedenen Inhalt dasselbe sein. In diesem Sinne haben schon die Stoiker die ἐνάργεια eines Satzes und Descartes das „Klare und Deutliche“ eines solchen als Kriterium aufstellen können, und ebenso wird sich zeigen, dass der Realismus dies vermag, indem er die Wahrheit seines Inhaltes nach der Quelle bestimmt, aus der er geschöpft worden ist.

Ein solches Prinzip ist offenbar das oberste in jedem Systeme, und die Folge davon ist, dass es von dem betreffenden

Systeme nicht bewiesen werden kann. Jeder Syllogismus, durch den es als Conclusion abgeleitet würde, müsste von Prämissen ausgehen, welche die Conclusion bedingen, und es würden dann diese Prämissen und nicht jenes Prinzip als das oberste gelten müssen. Dies hat schon Aristoteles erkannt und an mehreren Stellen in seinen Schriften besprochen; er hat deshalb für die Erkenntniss der obersten Prinzipien auf die Induktion (ἐπαγωγη) verwiesen. In seinen zweiten Analytiken sagt er: δῆλον δη, ὅτι ἡμιν τα πρωτα ἐπαγωγῃ γνωριζειν ἀναγκαιον; und an einer anderen Stelle: ἀδυνατον δε, τα καθολου θεωρησαι μη δἰ ἐπαγωγης. Ich verstehe indess diese Verweisung auf die Induktion nicht so, als hätte Aristoteles den Beweis für die Wahrheit des Prinzips auf dessen Induktion stützen wollen, sondern Aristoteles hat die Induktion nur als den Weg zeigen wollen, auf dem diese Prinzipien zu finden und zu erkennen seien. Dies ist auch die Ansicht Zeller's in seiner Geschichte der griechischen Philosophie, und in diesem Sinne kann auch der Realismus jenen Sätzen des Aristoteles beistimmen.

Indem ich Ihnen nun das Prinzip des Realismus darlegen soll, stosse ich auf eine Schwierigkeit, wie sie bei dem Idealismus viel weniger besteht. Der Realismus ist nämlich noch nicht so, wie der Idealismus, zu einem oder mehreren Systemen gleichsam krystallisirt; er ist weit jüngeren Datums, als dieser, und während in der alten Philosophie er nur an den Epikuräern einige Vertretung fand, datirt sein wissenschaftlicher Anfang erst von Bacon, dem dann Locke, Hume und die französischen Enzyklopädisten gefolgt sind. In Deutschland ist er erst durch die glänzenden Ergebnisse der modernen naturwissenschaftlichen Methode mehr in Pflege genommen worden, und seine Ausbildung ist durch den Kampf gegen die idealistischen Systeme Schelling's und Hegel's beschleunigt worden. Allein trotz der grossen Zahl seiner Anhänger fehlt noch die klare und umfassende Hervorhebung seines erkenntniss-theoretischen Prinzips, wenn es auch von Allen instinktiv geübt und benutzt wird. Ich bin deshalb genöthigt, in dessen Darstellung vielfach Ansichten einzuflechten, welche zunächst nur mir persönlich angehören; doch zeigt die neueste Litteratur, dass die Ansichten allmählich sich auch hierin zusammenfinden.

Ebenso möchte ich gleich hier im Beginn dagegen protestiren, wenn man den Realismus mit dem Empirismus und Sensualismus zusammenwirft; diese beiden waren nur die rohen Anfänge für jenen. Ebenso ist der Realismus nicht dasselbe, wie der Materialismus; letzterer gilt ihm vielmehr nur als ein Auswuchs, hervorgegangen aus einer zu oberflächlichen Benutzung des Denkens bei Betrachtung des sinnlichen Stoffes. Selbst Hegel spricht nur vom Empirismus, und der Tadel, den er über ihn ausspricht, trifft durchaus nicht den Realismus in seiner gegenwärtigen Gestaltung. Der Realismus stellt vielmehr das Denken eben so hoch, wie der Idealismus; aber eben deshalb mag er das Denken nicht missbrauchen und es nicht, wie der Idealismus, zu Aufgaben benutzen, die seine Kraft übersteigen.

Soll ich nun den wesentlichen Unterschied zwischen Idealismus und Realismus mit wenig Worten aussprechen, so liegt er meines Erachtens darin, dass der Idealismus das Denken auch als die ausschliessliche und unmittelbare Quelle für den Inhalt des Seienden benutzt, und dass nach ihm gerade das Höchste im Sein, das ὄντως ὄν oder das ὄν ᾗ ὄν, nur durch das Denken erfasst werden kann; der Realismus dagegen hält daran fest, dass der Inhalt des Seienden nicht durch das Denken, sondern nur durch die Wahrnehmung dem Wissen des Menschen zugeführt werden kann, und dass das Denken nur die Aufgabe hat, diesen durch die Wahrnehmung empfangenen Inhalt zu bearbeiten, d. h. von seinem Falschen zu reinigen und das Allgemeine in Form von Begriffen und Gesetzen aus ihm heraus zu ziehn. Ehe ich deshalb im Stande bin, Ihnen das erkenntniss-theoretische Prinzip des Realismus in seiner kahlen, abstrakten Form darzulegen, muss ich eine kurze Darstellung der Natur des menschlichen Wahrnehmens und Denkens vorausschicken, da nur dadurch das Prinzip in seiner vollen Bedeutung erfasst werden kann.

Die Wahrnehmung zerfällt bekanntlich bei dem Menschen in die Sinneswahrnehmung und in die innere Wahrnehmung; der Name der letzteren schwankt; sie ist auch oft mit Selbstbewusstsein, ja von Locke mit *Reflection* bezeichnet worden. Ich will dafür den Namen Selbstwahrnehmung gebrauchen, um damit neben ihrer, der Sinneswahrnehmung ganz gleichlaufenden Natur, zugleich den Unterschied von derselben anzudeuten.

Die Sinneswahrnehmung wird durch die bekannten fünf Sinne vermittelt. Eigentlich sind es sechs Das Fühlen umfasst nämlich zwei durchaus verschiedene Sinne; einmal den Muskelsinn, dessen Organe die motorischen Nerven und Muskeln sind, und dessen Objekt der Druck und die Bewegung ist, aus denen die gefühlte Kraft als das Gemeinsame hervortritt; und zweitens den Sinn des reinen Fühlens, dessen Organe die sensiblen Nerven und die Haut sind, und dessen Objekt die Temperatur und das Glatte und Rauhe ist. Weil hier die Sinnesorgane nicht so deutlich und sichtlich unterschieden, wie bei den anderen Sinnen auftreten, hat das gewöhnliche Vorstellen und die daraus hervorgegangene Sprache beide als einen Sinn aufgefasst und mit einem Worte bezeichnet, zum grossen Nachtheil der Sache, insbesondere zum Nachtheil des wichtigen Begriffs der Kraft.

Die Selbstwahrnehmung hat nur die seienden Zustände der eigenen Seele zum Gegenstande; diese sind das Begehren und die Gefühle der Lust, des Schmerzes und der Achtung; sie bedarf dazu keiner Organe. Indem sie nur von der eigenen Seele Kunde giebt, fehlt dem Menschen die Wahrnehmung des Geistigen und Seelischen bei anderen Wesen. Nur so weit dieses bei den Menschen mit bestimmten sinnlich wahrnehmbaren Mienen, Tönen, Gesten, Stellungen, Bewegungen u. s. w. causal verknüpft ist, vermag der Mensch über das Geistige Anderer ein Wissen sich zu verschaffen, was aber nur auf Schlüssen, also auf dem Denken, beruht, und dabei in den Elementen dieser geistigen Zustände nicht über das hinaus kann, was er selbst an Geistigem in sich durch Wahrnehmung kennen gelernt hat. Deshalb ist das γνωθι σαυτον so wichtig; denn es bildet die unentbehrliche Grundlage für alle seelischen, von uns erfassbaren Zustände überhaupt, mögen wir sie in Gott, die Engel und den Teufel, oder in die Thiere und Pflanzen, oder in die Himmelskörper, wie Aristoteles thut, verlegen.

Das Wissen als solches bedarf, um sich selbst zu wissen, nicht, wie die Gefühle und Begehren der Seele, der Wahrnehmung; das bewusste Wissen hält vielmehr zwei Richtungen in sich vereint; einmal weiss es seinen Inhalt und zweitens seine Form oder sich selbst. Was das unbewusste Wissen anlangt, welches in der neuesten Philosophie eine so grosse Rolle spielt, so ist es, selbst wo es in dem einzelnen Menschen auftritt, kein Gegenstand der Selbstwahrnehmung, deshalb nur durch Schlüsse und Hypothesen, die sich auf Wahrgenommenes stützen, zu erreichen, und daher kein Gegenstand meiner heutigen Aufgabe.

In Bezug auf die Sinnes- und Selbstwahrnehmung gewinnt man durch Beobachtung und Induktion eine Reihe von Grundsätzen, deren klare Erkenntniss und beharrliche Festhaltung von grosser Wichtigkeit ist. Jedes Wahrnehmen giebt erstens seinen Inhalt als ein ausserhalb seiner selbst Bestehendes, und damit als ein Seiendes im Gegensatz zu dem Gewussten. Die Sinneswahrnehmung setzt das Seiende ausserhalb der wahrnehmenden Seele; die Selbstwahrnehmung nimmt es zwar als Theil der eigenen Seele, aber doch immer als ein von dem wahrnehmenden Wissen verschiedenes Seiende. Zweitens ist das durch die Wahrnehmung der Seele zugeführte Wissen ein unmittelbares. Es wird nicht durch weitere Operationen der Seele erst hervorgebracht; insbesondere ist das Denken unbetheiligt, und es ist irrig, wenn Schopenhauer und viele Andere das wahrnehmende Wissen und sein Setzen eines entsprechenden Gegenstandes auf eine Anwendung des Causalitätsprinzips zurückzuführen, indem dieses Setzen nur geschehe, weil die Seele nach einer Ursache für dieses Wissen verlange. Drittens ist der Vorgang beim Wahrnehmen weder ein Thun, noch ein Leiden; es ist keine Aktion des Gegenstandes auf die Seele und keine Reaktion dieser gegen jenen, also auch kein Produkt aus beiden, sondern ein reines einfaches Geschehen. Die sorgfältigste Selbstbeobachtung bietet es nur so und weiss von solchen Aktionen nichts. Diese Annahme ist vielmehr nur eine Hypothese, nach Analogie der körperlichen Vorgänge gebildet, um sich den Vorgang selbst damit verständlicher zu machen. Viertens ist die Wahrnehmung plötzlich da. Es mag sein, dass die körperlichen Vorgänge in den Medien zwischen Gegenstand und Organ und die Vorgänge in dem Organe und den Nerven bis zu dem Gehirn einen Zeitverlauf haben; allein dies trifft immer nur die dem Wahrnehmen vorausgehenden Vorgänge, während mit deren Abschluss das Geistige oder das Wissen plötzlich und mit einem Male da ist. Fünftens ist das Wahrnehmen mit seinen einzelnen hier genannten Bestimmungen nothwendig; der Mensch kann es, wenn er das Organ hat und nicht verschliesst, nicht hindern, und selbst der strengste Idealist kann sein Prinzip nur am Schreibtische festhalten; so wie er aufsteht, ist er dem Zwange, das Wahrgenommene ausser sich als seiend zu setzen, unterworfen.

Hieran schliessen sich einige wichtige Betrachtungen: 1) Der Begriff des Seins ist nur durch die Wahrnehmung vermittelt und ohne sie würde er dem Wissen fehlen. Das Denken könnte denselben Reichthum des Wissens, wie jetzt, besitzen; aber all dieser Inhalt würde ihm nur als gewusster gelten, und der Gegensatz eines seienden Inhalts würde ihm fehlen, weil das Seiende nur durch die Wahrnehmung dem Wissen bemerkbar wird. 2) Deshalb zerfällt das Seiende in einen Inhalt und in eine Form. Der Inhalt fliesst gleichsam durch das Wahrnehmen aus dem Gegenstande in das Wissen über und wird dadurch aus der Form des Seins heraus in die Form des Wissens übergeleitet. Die Seinsform selbst geht hei der Wahrnehmung nicht mit in das Wissen über; sie ist gleichsam das Harte, Starre, die Grenze, an welcher das Wahrnehmen bei der Uebernahme des Inhaltes sich stösst; nur durch diesen Widerstand, welchen die Seinsform dem Wahrnehmen leistet, gilt sie demselben als ein Seiendes, d. h. als ein Nicht-Wissbares. Das Sein ist deshalb in seiner positiven Natur dem Wissen unerfassbar, und der Begriff desselben bleibt für uns nur ein negativer, d. h. er bedeutet in Wahrheit nur das Nicht-Wissbare an den Dingen. Wäre diese Schranke, die aber nur als Schranke empfunden wird, dem Wahrnehmen nicht gesetzt, so wäre aller Unterschied zwischen Sein und Wissen aufgehoben; der Mensch hätte gerade durch diese Steigerung seines Wahrnehmens das Mittel verloren, das Seiende von dem Gewussten zu unterscheiden. 3) Dagegen ist der in das Wissen übergehende Inhalt des Seienden, als Inhalt, im Gegenstande und im Wissen nicht blos der gleiche, sondern der identische. Nur dadurch fühlt man in dem Wahrnehmen sich mit dem Gegenstande gleichsam eins; es verschwindet die Trennung zwischen dem Ich und dem Gegenstande; je tiefer man in Betrachtung eines Gegenstandes sich versenkt und gleichsam in Aufsaugung seines Inhaltes sich selbst vergisst, desto mehr verschwindet der Gegensatz zwischen Subjekt und Objekt. Nicht das Denken ist es also, von dem jenes Subjekt-Objekt ausgeht, was in dem Idealismus Fichte's und Schelling's eine so grosse Rolle spielt, vielmehr tritt dessen Einheit nur in dem vollkommensten Wahrnehmen hervor, insofern bei solchem die Scheidewand der Seins- und Wissensform völlig zurücktritt, ohne aber deshalb aufzuhören. Wenn Schelling und Hegel sagen: „Sein und Wissen sind dasselbe, zugleich aber auch unterschieden", so löst der Realismus das Unverständliche dieser Formel, ohne das darin enthaltene Wahre wegzuwerfen; nach ihm besteht allerdings eine Identität zwischen dem Sein und dem wahren Wissen, aber nur in Bezug auf den Inhalt; dagegen ist der Unterschied der Form, in welche dieser Inhalt als seiender und als gewusster gefasst ist, unvertilgbar und bildet den festen Halt, an dem, trotz der Identität des Inhalts, die seiende Welt doch ewig eine andere bleibt, als die gewusste. In diesem Sinne sind auch die Sätze des Aristoteles zu verstehen, wo er den Gedanken und das Gedachte für identisch erklärt. Wenn er in seiner Schrift über die Seele Buch III. Kap. 4 sagt: ἐπι μεν γαρ των ἀνευ ὑλης το ἀυτο εστι το νοοῦν και το νοουμενον· ἡ γαρ ἐπιστημη ἡ θεωρετικη και το οὑτως ἐπιστητον το αὐτο εστιν, so stimmt dies genau mit dem eben Gesagten, wenn man τα ἀνευ ὑλης als den von der stofflichen Seinsform befreiten Inhalt nimmt.

4) Die Frage, wie dieser Inhalt des Seienden bei dem Wahrnehmen in die Seele eintrete, also die Frage nach dem Näheren in diesem Vorgange, ist nicht zu beantworten. Sie bildet seit Jahrtausenden die Aufgabe der Philosophie und der Physiologie und sie ist, trotz der grossen Fortschritte beider, heute noch gerade so ungelöst, wie zu den Zeiten der Griechen. Um diese Frage zu beantworten, müsste dem Menschen noch eine dritte Art des Wahrnehmens gegeben sein, welche gleich fähig wäre. Körperliches wie Geistiges, und zwar gleichzeitig und in einem wahrzunehmen. Da wir eine solche nicht besitzen, so sind wir nicht einmal im Stande, durch Hypothesen eine Antwort hier zu bieten; selbst die wildeste Phantasie kann keine Lösung sich auch nur erdenken. Die Wissenschaft hat bisher hierbei nichts vermocht, als entweder das Sein in Wissen, oder das Wissen in Sein umzuwandeln. Mit dieser letzten Wendung glaubt der Materialismus die Frage gelöst zu haben; aber er vergisst, dass er mit allen seinen Beobachtungen und Versuchen nur die innige Wechselwirkung zwischen dem Gehirn und den geistigen Zuständen der Seele dargethan hat, aber nicht die Identität derselben. Es gehört zu der Rohheit seines Denkens, diese so durchaus verschiedenen Kategorien mit einander zu verwechseln. Alle Verfeinerung der Beobachtungen durch Vervollkommnung der Instrumente wird nie über die letzten Enden des Körperlichen und über die Moleküle des Gehirns und deren Schwingungen hinauskommen; das Band zwischen diesen Enden und dem Anfang

des Geistigen bleibt trotzdem so unbekannt, wie zuvor. Bewegung körperlicher Moleküle, sei es im elektrischen Strome oder in der Nervensubstanz, wird ewig etwas Körperliches bleiben, und die Stösse derselben bleiben spezifisch von dem Wissen, als einem ganz neuen Spiegel des Seienden, durchaus verschieden. Man kann beide gewaltsam für identisch erklären, aber diese Einheit bleibt ein hohles Wort, welches die verschiedene und eigenthümliche Natur des Wissens weder erläutert, noch den Vorgang des Wahrnehmens begreiflicher macht. Deshalb bleiben auch alle Systeme des Monismus, sowohl das des Plotin, wie die von Spinoza, Fichte, Schelling und Hegel, in ihrer höchsten Einheit nur ein Spiel oder Blendwerk. Dieses Ἐν καὶ πᾶν, diese Einheit, die sich sofort wieder in Sein und Wissen dirimiren muss, bleibt für den menschlichen Geist unfassbar und ist ein leeres Wort, mit dem man zwar sein Spiel treiben und aus dem man nach Art des Taschenspielers alles Beliebige hervorgehen lassen kann, aber mit dem man nicht ein irgend Begreifliches bezeichnen kann.

5) Der Inhalt des Seienden ist für die Wahrnehmung unerschöpflich; nicht blos als Inhalt der Welt, sondern auch als Inhalt eines einzelnen konkreten Gegenstandes; je mehr wir Mittel auffinden, die Wahrnehmungsfähigkeit der Sinne zu steigern und die Gegenstände zu zerlegen, je höher die Aufmerksamkeit des Beobachters sich steigert, desto reicher quillt der Inhalt des Gegenstandes, ohne je erschöpft zu sein. Hier besteht eine Unerschöpflichkeit im Wahrnehmen, aber nicht in dem Begriffe, in welchen Hegel die Unendlichkeit verlegt.

Ich wende mich zu dem zweiten Bestandtheile des Wissens, zu dem Denken. Während das Wahrnehmen nur als ein einfaches Geschehen empfunden wird, liegt in dem Denken eine Thätigkeit. Die sorgfältige Beobachtung dieser Thätigkeit zeigt, dass sie nach verschiedenenen Richtungen, bald hier-, bald dorthin sich entfaltet, und es lassen sich dann fünf Richtungen in ihr unterscheiden; 1) das wiederholende Denken (Erinnerung. Gedächtniss); 2) das trennende Denken (Urtheilen, Scharfsinn, Analyse); 3) das verbindende Denken (Phantasie, Conception, Synthese); 4) das beziehende Denken (Vergleichen, Verhältniss, τὰ πρὸς τι); und 5) die unterschiedene Art, einen Inhalt zu wissen (Aufmerksamkeit, gewisses, nothwendiges Wissen). Die hier eingeklammerten Worte sollen nur zunächst das Verständniss erleichtern, ohne die betreffende Richtung damit zu erschöpfen.

Das wiederholende Denken macht das Wissen unabhängig von dem Fortbestande und der steten Gegenwart des Seienden. Was einmal wahrgenommen worden, kann in seinem Inhalte später auch ohne Wahrnehmung im Wissen als blosse Vorstellung wieder auftreten und zum Gegenstande der Betrachtung genommen werden. Das trennende Denken besondert sich zu vier Arten; es trennt einen Gegenstand a) in seine Theile, oder b) in seine Eigenschaften, oder c) in seine Elemente, oder d) in seinen Begriff nnd die bildlichen Reste. Dieses Trennen ist an dem Gegenstande selbst oder im Sein nur als theilendes Trennen einigermassen ausführbar; die drei anderen Arten sind nur an der Vorstellung des Gegenstandes ausführbar, also nur im Wissen. Ich beschränke mich hier auf die wichtigste Art, auf das begriffliche Trennen. Es ist in seiner Eigenthümlichkeit nicht zu definiren; man muss es an der eigenen Ausübung desselben kennen lernen. Während bei den drei vorhergehenden Arten die Trennstücke für sich wahrnehmbar bleiben, hört dies bei dem begrifflichen Trennen auf; weder die Begriffe, noch die bildlichen Reste, durch deren Abtrennung der Begriff gewonnen worden, sind für sich wahrnehmbar; aber da sie aus der Wahrnehmungsvorstellung durch Trennen gewonnen sind, so entspricht ihrem Inhalte auch ein Stück in dem wahrgenommenen Gegenstande, und der Inhalt des Begriffes ist ebenso im Gegenstande als ein seiender, wie in der Vorstellung als ein gewusster enthalten. Der Begriff ist deshalb nicht blos oder allein in dem Wissen (*post rem*), sondern auch im Sein (*in re*). Der begriffliche Inhalt ist im Sein so vielmal, als einzelne Gegenstände zu ihm gehören; trotz der Gleichheit dieses Inhalts lassen die unterschiedenen Orte in dem Raume und in der Zeit, in welchen sie sich befinden, sie nicht in die Identität zusammenfallen; aber im Wissen, wo diese unterschiedenen Orte als gleichgültig bei Seite bleiben, fallen diese vielen Begriffe unterschiedlos zusammen. Deshalb ist im Wissen der jedesmalige Begriff nur einer. Hier zeigen sich also Raum und Zeit als die *principia individuationis*, wie die Scholastiker sie nannten. Endlich ist der Begriff in Bezug auf seinen Gegenstand ein eben so unmittelbares Wissen, wie die Wahrnehmungsvorstellung. Durch das begriffliche Trennen wird an der Unmittelbarkeit ihres aus dem Gegenstande geschöpften Inhaltes nichts geändert und durch das Trennen dieses Inhaltes innerhalb des Denkens kann offenbar diese Unmittelbarkeit nicht aufgehoben werden.

Die Verschiedenheiten in den Ansichten über die Natur der Begriffe ist aus der einseitigen Auffassung ihrer Momente entsprungen; deshalb ist jede dieser Ansichten in Schwierigkeiten gerathen, die für sie unlösbar sind. Wenn Plato die Begriffe zwar als ein Seiendes setzt, aber nicht als ein in den einzelnen Gegenständen Seiendes, sondern sie als Ideen in ein Jenseits der sinnlichen Welt verlegt (*universalia ante rem*), so hat er nicht vermocht, das Theilhaben (μετεχειν) der sinnlichen Dinge an ihrer Idee irgendwie zu erklären. Aristoteles verlegte das Sein des Begriffes in die Gegenstände (*universalia in re*), allein er hat nicht erklärt, wie der eine Begriff innerhalb des Wissens in unzählige Begriffe innerhalb der Gegenstände sich umwandeln könne. Die Stoiker und die Nominalisten des Mittelalters leugneten deshalb das Sein der Begriffe, und liessen sie nur als Gebilde des Denkens gelten (*universalia post rem*), allein sie vermochten die wahrnehmbare Uebereinstimmung des Begriffs mit seinen Gegenständen nicht zu erklären. Der Nominalismus blieb auch später die herrschende Ansicht; selbst Kant hält noch daran fest. Erst Hegel hat das Sein der Begriffe mit grosser Energie wieder geltend gemacht, indess auf die Identität von Sein und Wissen überhaupt gestützt. Da nun diese Identität nach ihm zugleich sein und nicht sein soll, so bleibt das Unfassbare dieser Identität auch an dem Sein der Begriffe haften, und es hat deshalb das darin enthaltene Wahre nicht zur allgemeinen Anerkennung gelangen können.

Indem das begriffliche Trennen beliebig nach den verschiedensten Richtungen an demselben Gegenstande geübt, auch an dem zunächst gewonnenen Begriffe wiederholt werden kann, so erhellt, dass die Zahl der aus einem Gegenstande abzutrennenden Begriffe unerschöpflich ist. Man hat in der Philosophie dieses Spiel nicht gelten lassen wollen und nur einen Begriff für den betreffenden Gegenstand als den wahren zugelassen. Man hat sich dabei an die wesentlichen Merkmale des Gegenstandes geklammert; allein das Wesentliche ist selbst, als Beziehungsform, ein schwankender Halt, der jedem Wunsche dienen kann. Locke hat deshalb alle Festigkeit der Begriffe für die natürlichen Dinge geleugnet. Indess giebt es hier einen festen Anhalt, nämlich wenn der Begriff zum Gliede eines wahren Gesetzes benutzt werden kann; ist dies der Fall, so ist er ein realer Begriff (man hat kein besseres Wort), wo nicht, so ist er ein Spielbegriff. So wären es für die Rechtswissenschaft Spielbegriffe, wenn sie das Eigenthum an den körperlichen Sachen nach deren Farben, als rothes, grünes Eigenthum u. s. w. bestimmen wollte; dagegen könnten innerhalb der Physik die Farben als Anhalt und Glieder für Naturgesetze dienen, und eine begriffliche Trennung nach diesen Eigenschaften könnte hier zu realen Begriffen führen.

Das verbindende Denken, als die dritte Richtung desselben, fügt theils Wahrnehmungsvorstellungen, theils Trennstücke derselben und ebenso mehrere blosse Vorstellungen wieder zu einer Vorstellung und damit zum Bilde eines Gegenstandes zusammen. Dieses verbindende Denken kann die zu verbindenden Stücke beliebig wählen und in deren Verbindung über das, was die seiende Welt bietet, weit hinausgehn, wie die Werke der Dichtkunst und anderer Künste beweisen; allein in den Formen, durch welche diese Trennstücke zu einer Vorstellung sich zusammenschliessen, bleibt das Denken an die Einheitsformen gebunden, welche innerhalb des Seienden bestehen; werden diese nicht eingehalten, so entsteht keine Verbindung, ja die Forderung, solche Einheit als Einheit aufzufassen, erscheint dann unausführbar und unmöglich. Dies ist der Grund, weshalb auch innerhalb der Philosophie viele Begriffe solcher Art nur Worte bleiben, bei denen man sich nichts vorstellen kann; man versteht wohl, dass der Philosoph mit seinem Worte eine Einheit vorzustellen fordert, allein da für dieselbe keine im Sein irgend vorhandene Einheitsform von dem Philosophen geboten wird, so vermag selbst die lebhafteste Phantasie seine Forderung nicht zu erfüllen. Die einende Kraft dieser Einheitsformen liegt entweder in der Stetigkeit des Raumes und der Zeit, oder in der Dieselbigkeit des Ortes im Raume und der Zeit oder in den anziehenden Kräften und dem Begehren der Seele. Näher hier darauf einzugehen, ist mir bei der beschränkten Zeit unmöglich. Auffallend ist es, dass diese so überaus wichtigen Einheitsformen innerhalb des Seins von der Philosophie noch wenig untersucht und als solche noch wenig besonders hervorgehoben worden sind. Man spricht in derselben zwar unaufhörlich von Einheit, allein man hat sich noch wenig die Mühe genommen, näher auf diesen schwierigen Begriff einzugehen.

Die beiden letzten Richtungen des Denkens lasse ich noch bei Seite, da sie nicht auf die Erkenntniss des Seienden ausgehn und das erkenntniss-theoretische Prinzip zunächst für das Seiende darzulegen ist. Dies Prinzip kann nunmehr in seiner einfachsten Formel geboten werden und lautet dann:

Das Wahrgenommene ist (existirt)

und

Das sich Widersprechende ist nicht (existirt nicht).

Beide Sätze vereint bilden das erkenntniss-theoretische Prinzip des Realismus; aus ihm leitet er nicht nur seinen Inhalt, sondern auch seine Wahrheit ab. Der zweite Satz, von dem Nichtsein des Widersprechenden, gilt darin als der höhere, welchem der erste, von dem Sein des Wahrgenommenen, im Collisionsfalle sich unterordnet. Mit anderen Worten: Der Inhalt alles körperlich und geistig Seienden kann nur vermittelst der Wahrnehmung von dem menschlichen Wissen erfasst werden; nur die Wahrnehmung in ihren beiden Arten bildet die Brücke, welche den Inhalt des Seienden in das Wissen überführt, und dieser Inhalt gilt vermöge dieses seines Ursprungs als wahr, d. h. als identisch mit dem Inhalte des Gegenstandes. Das Denken bemerkt indess bei Bearbeitung dieses Inhaltes bald, dass mannichfache Widersprüche sich darin vorfinden, und diese Stücke werden deshalb als das Falsche auf Grund des zweiten Satzes ausgestossen; nur der so gereinigte Inhalt gilt nunmehr als der wahre. Das Denken bleibt jedoch hierbei nicht stehen, sondern vermittelst seiner trennenden und verbindenden Thätigkeit sondert es diesen Inhalt der Dinge in Theile, Eigenschaften, Elemente und Begriffe; zunächst im Dienst einer Entlastung der Sprache und leichteren Mittheilung; später im Dienste der Wissenschaft, deren Ziel die Erkenntniss der in dem Seienden herrschenden Gesetze ist. Diese Gesetze gelten, wie die Beobachtung bald lehrt, nicht blos zwischen diesem und jenem Einzelnen, sondern sie bestehen zwischen den begrifflichen Trennstücken der Dinge, und gelten deshalb für alle einzelnen Dinge, welche diese begrifflichen Trennstücke in sich enthalten, oder, wie man gewöhnlich zu sagen pflegt, welche unter die Begriffe fallen, die als die Glieder des Gesetzes auftreten. So gilt das Gesetz, dass die Steine, wenn ihnen die Unterlage entzogen wird, zur Erde fallen, nicht blos für diesen Stein und für jenen Stein, sondern für alle Dinge, welche das begriffliche Stück des Steines in sich enthalten, und zwar eben deshalb, weil die gesetzliche Verbindung nicht an konkrete einzelne Gegenstände, sondern an begriffliche Stücke der Dinge geknüpft ist.

Alles Wissen von den körperlichen und geistigen Dingen in der Welt ist nur durch dieses Prinzip des Realismus erlangt worden; dies gilt sowohl von dem im gewöhnlichen Leben umlaufenden Wissen, wie von dem Inhalte der Wissenschaften und es besteht für das menschliche Erkennen des Seienden kein anderes Mittel als das in diesem Prinzip bezeichnete. Insbesondere sind die Begriffe der seienden Dinge dem Menschen nicht angeboren; sie sind ihm auch nicht durch höhere Wesen oder eine Gottheit offenbart worden; der Mensch hat vielmehr die Wahrheit durch die Mühe des Wahrnehmens und durch die Arbeit des Denkens sich erwerben müssen. Auch ist für diese Arbeit bei der Unerschöpflichkeit des Inhalts der Dinge kein Ende abzusehen, wohl aber wird auch hier das Ergebniss durch die Theilung der Arbeit gesteigert. Der eine Mensch ist mehr zum Wahrnehmen und Beobachten, der andere mehr zur denkenden Verarbeitung des von jenem gewonnenen Inhalts geschickt. Auch die Philosophie hat für ihre Erkenntniss der Dinge keine anderen Mittel, als die, welche in diesem Prinzip bezeichnet sind; ihr Unterschied liegt nicht in einer besonderen Art von Mitteln, welche nur innerhalb der Philosophie zur Anwendung kommen, sondern in der Ausdauer und Schärfe, mit der in ihr von diesen Mitteln Gebrauch gemacht wird. Insbesondere giebt es keine intellektuelle Anschauung, von der Plato, Spinoza, Schelling und Andere sprechen. Dieser Begriff ist nur eine gemachte Verbindung von Wahrnehmen und Denken; man verlangt nach einem geistigen Vermögen, welches die Unmittelbarkeit und Behaglichkeit des Wahrnehmens mit der trennenden und verbindenden Kraft des Denkens in einem enthalten soll. Eine solche intellektuelle Anschauung wäre allerdings ein bequemes Ruhekissen für die Philosophie; bis jetzt hat es aber noch Niemand besessen, und was als Resultat desselben behauptet wird, lässt sich leicht als ein unklares Gemisch aus Wahrnehmung, Begriffen und Beziehungsformen darlegen, von welchen letzteren gleich die Rede sein wird.

Kein Denken und keine sonstige Kraft der Seele vermag den Inhalt eines Seienden zu bieten, den es nicht erst aus der Wahrnehmung überkommen hätte. Alle einfachen Bestimmungen der Farben, der Töne u. s. w., sowie die der einfachen seelischen Zustände der Lust, des Schmerzes, der sittlichen Gefühle, des Begehrens und Wollens können selbst durch die kühnste Phantasie eines Dichters oder Philosophen in ihren Arten nicht vermehrt werden; die Vorstellung einer nie gesehenen einfachen Farbe, eines nie empfundenen Gefühls ist dem Menschen unmöglich; nur in der Verbindung der gegebenen Elemente besteht die Freiheit der Kunst.

Vor allem gefährlich ist die Benutzung der Gefühle und Begehren zur Auffindung oder Beglaubigung der Wahrheit. Weder die sittlichen noch die religiösen Gefühle sind dazu geeignet, wie aus dem entgegengesetzten Inhalt der Sittlichkeit und der Religionen verschiedener Völker und Zeiten erhellt, die sämmtlich dasselbe Gefühl zu ihrer Beglaubigung benutzen. Ebensowenig sind die wissenschaftlichen Gefühle hierzu geeignet; jenes Sehnen nach einem Höheren, nach einem Absoluten, nach einer Einheit der Unterschiede, jenes Verlangen nach einer engeren Verknüpfung zwischen den Gattungen und Arten und zwischen den sich regelmässig folgenden Dingen, sei es durch Erzeugung oder Entwickelung, gleicht den Irrlichtern, welche nur zu leicht den Forscher von dem rechten Wege abführen. Niemals kann mit solchen Gefühlen die Wahrheit eines Wissens beglaubigt werden; die Mathematik ist nur deshalb von so allgemein anerkannter Gültigkeit, weil sie allein von allen Wissenschaften sich am reinsten von aller Einwirkung jeglichen Gefühls zu halten vermocht hat, und der Streit in den übrigen Wissenschaften steigt in demselben Verhältniss, als die Gefühle sich darin einmischen.

Für die Erkenntniss des Seienden gilt deshalb dem Realismus der alte Satz: *Nihil est in intellectu, quod non fuerit prius in sensu* noch heute als wahr, insofern man unter *sensus* auch die innere Wahrnehmung mit befasst.

Meine Aufgabe könnte hiermit als beschlossen gelten, wenn in dem menschlichen Wissen nur Vorstellungen und Begriffe des Seienden enthalten wären. Allein eine sorgfältige Beobachtung seiner selbst, sowie die Untersuchung der in der Sprache durch Worte fixirten Vorstellungen ergiebt sehr bald, dass in der menschlichen Seele neben dem Wissen des Seienden noch ein anderes Wissen besteht, was zwar keinen Inhalt des Seienden bietet, aber diesen Inhalt auf das Mannichfachste umschlungen hält, so dass kaum der einfachste Satz ausgesprochen werden kann, ohne von dieser zweiten Art von Vorstellungen mit Gebrauch zu machen. Indem diese Vorstellungen ihren Ursprung in der Seele selbst haben und mit den Vorstellungen des Seienden die engsten Verbindungen und Verschmelzungen eingehen, verleihen sie dem Inhalte des Seienden gleichsam eine höhere Natur, und daraus erklärt sich, wie die Philosophie von den ältesten Zeiten ab gerade mit diesen Mischbegriffen sich am meisten zu thun gemacht hat, wie sie diesellben als das wahrhaft Seiende (ὄντως ὄν) genommen, und darüber die Wahrnehmung als das gemeine Mittel des grossen Haufens verächtlich bei Seite geschoben hat.

Eine sorgsame Verfolgung dieser zweiten Art von Vorstellungen ergiebt, dass sie in zwei Hauptarten zerfallen, dass aber in jeder derselben nur eine geringe Zahl von ursprünglichen Vorstellungen besteht, welche indess durch ihre mannichfachen Verbindungen unter einander und mit dem Seienden zu einem Reichthum sich entfalten, der unerschöpflich scheint. Diese beiden Hauptarten sind die Beziehungen und die Wissensarten. Sie haben beide das mit einander gemein, dass sie kein Wissensbild eines Seienden sind, dass sie deshalb in ihrer Reinheit leer sind von jeglichem seienden Inhalt, aber dass sie gerade dadurch befähigt sind, sich jedem Inhalt anzufügen, ihn gleichsam zu umspinnen und dadurch eine so enge Verknüpfung mit ihm einzugehen, dass diese Beziehungen und Wissensarten mit wenig Ausnahmen sowohl von dem gewöhnlichen Vorstellen, wie von der Wissenschaft für Bezeichnungen seiender Bestandtheile der Dinge gehalten werden. Gerade die grössten Schwierigkeiten, in welche die einzelnen Systeme gerathen, haben ihren Ursprung in der Verwechslung dieser Beziehungsformen und Wissensarten mit den Seins-Begriffen. Vermöge der ursprünglichen Leerheit dieser Formen sind sie nämlich fähig, den entgegengesetzten Inhalt in sich aufzunehmen und umgekehrt denselben Gegenstand mit den entgegengesetzten Beziehungsformen zu umspinnen und dadurch, wenn sie für seiende Bestimmungen gehalten werden, zu einem Widerspruch zu führen, obgleich ein solcher schon nach dem gewöhnlichen Vorstellen unmöglich ist. Die Antinomien Kant's und die Widersprüche, die Hegel in so vielem Seienden und dessen Begriffen aufzuzeigen vermag, beruhen lediglich auf der schillernden und neckischen Natur der Beziehungsformen und Wissensarten und sind unvermeidlich, sowie dieselben als Bezeichnungen eines Seienden genommen werden.

Die ursprünglichen Beziehungsformen können nicht von einander abgeleitet werden; sie müssen, wie schon Aristoteles es mit seinen Kategorien gethan, aus der Erfahrung, d. h. aus dem Sprachvorrath der cultivirteren Völker ausgesondert werden. Auf diesem Wege lassen sich 12 Urformen aufstellen, die sich zu drei in vier Klassen ordnen lassen. Die erste enthält das Nicht, das Und und das Oder; die zweite das Gleich, die Zahl und das Alle; die dritte: das Ganze mit seinen Theilen; die Ursache mit ihrer Wirkung; die Substanz mit ihren Accidenzen; die vierte: das Wesen und das Unwesentliche, die Form und den Inhalt und endlich das Aeussere und das Innere. Es ist möglich, dass sich noch mehrere Urformen auffinden lassen; doch ist es nicht wahrscheinlich, insofern man nur versteht, die Mischformen in ihre Urformen aufzulösen. Auch ist es merkwürdig, dass keine dieser Urformen selbst in dem Denken des Ungebildeten und in den Sprachen roher Völker fehlt. Dies beweist mehr, wie alles Andere, dass sie ein ursprünglicher Besitz der menschlichen Seele sind.

Das Unterscheidende von den Wissensarten liegt bei diesen Beziehungen darin, dass sie zu ihrer Anwendung mehrerer Gegenstände und mindestens zweier bedürfen. Schon dadurch charakterisiren sie sich als kein Wissensbild eines Seienden; ebenso dadurch, dass wenn ein Gegenstand von den zwei bezogenen verändert wird, der andere die entgegengesetzte Beziehung annehmen muss, obgleich er selbst in seinem Sein nicht im Mindesten geändert worden ist. Schon Plato hat bemerkt, dass Sokrates auf seinen Vater bezogen der Jüngere ist, und dass, wenn statt des Vaters der Sohn eingestellt wird, genau derselbe Sokrates der Aeltere ist.

Die vollständige Untersuchung dieser Beziehungsformen würde ein ganzes Buch füllen; ich muss mich daher auf Einzelnes beschränken.

Das Nicht bezeichnet kein Seiendes; dies giebt Jedermann zu; es kann nicht wahrgenommen werden; so entsteht die Frage: Wie kommt das Nicht in das Wissen der Seele? und was sag: es aus? Offenbar keine positive, d. h. keine seiende Bestimmung und doch ist es der Menschheit unentbehrlich. Schon Moses hätte ohne das Nicht seine zehn Gebote nicht erlassen können. Das Nicht ist deshalb leer an seiendem Inhalt, aber verbindet sich in unendlich mannichfacher Weise mit solchem. So ist das Nichts die Verbindung von Nicht mit Etwas; das Andere ist das Nicht-Dieses; der Unterschied ist das Nicht-diese Eigenschaft: das Negative ist das Nicht-Positive; das Unendliche ist das Nicht-Endende; der Widerspruch ist das Positive und das Negative als Einheit gesetzt u. s. w. Das Nicht verlangt Mehrere, zwischen denen es die Beziehung bildet; man sagt: das Schwarze ist nicht weiss, die Seele ist nicht ein Körper u. s. w. Wenn in einzelnen Fällen dies Zweite sprachlich zu fehlen scheint, so liegt es nur an der veränderten Bedeutung der Copula ist, welche dann nicht blos die Verbindung beider Glieder des Satzes ausdrückt, sondern als Existenzialsatz das erste Glied mit dem Existiren, als zweitem verbindet; z. B. der Regen ist nicht (es regnet nicht), statt: das Regnen ist nicht seiend.

Hegel hat das Unendliche oder das Nicht-Endende für das schlechte Unendliche des Verstandes erklärt und ihm das positive Unendliche entgegengestellt. Locke hatte bekanntlich eine bildliche, d. h. abgeschlossene Vorstellung des Positiv-Unendlichen für unmöglich erklärt und mehrere lange Kapitel seines Hauptwerkes mit dem Beweise dessen angefüllt; er hätte es kürzer haben können, wenn er auf den Widerspruch in einem beschlossenen, d. h. beendeten Nicht-Endenden aufmerksam gemacht hätte, welcher in jedem seienden oder positiven Unendlichen liegt. Hegel musste deshalb für sein positives Unendliche eine andere Wendung nehmen; er machte es zu dem Begriffe, der in seinem Anderssein mit sich identisch bleibt; oder zu dem Etwas, „was in seinem Uebergehen in Anderes mit sich selbst zusammengeht“; diese

„Beziehung im Uebergehen und im Andern auf sich selbst" soll die wahre Unendlichkeit sein. Schon diese Worte zeigen, dass auch diese Unendlichkeit nur aus Beziehungen besteht, also nichts Seiendes ausdrückt. Deutlicher wird dieser dunkle Gedanke durch das, was Hegel über den Begriff sagt; er hat nach ihm seine Besonderheiten in sich und auch nicht; das Hier, sagt Hegel in der Phänomenologie, „ist ein Baum und auch nicht ein Baum, „sondern ein Haus; das Hier ist Beides und auch nicht Beides". Man erkennt aus dieser Stelle den Ursprung dieser räthselhaften Auffassung. Hegel wollte die abstrakte Natur der Begriffe nicht gelten lassen; sie sollten all' den Reichthum ihrer Besonderung schon in sich, wenn auch nur implicite (an sich) enthalten und durch die Besonderung, z. B. der Blume zu einer Rose, sollte nur dasjenige explicite heraustreten, was schon implicite in dem Gattungsbegriffe enthalten sei. Deshalb war Hegel zu der Behauptung genöthigt, der Begriff sei nicht blos das Allgemeine, sondern auch das Besondere, und zugleich auch nicht das Besondere; denn die besonderen Art-Unterschiede sind mit einander nicht verträglich. Hierin liegt ein Theil der angeblichen Widersprüche, welche Hegel in dem Seienden findet; ein anderer Theil wird sich später ergeben. Jedenfalls erhellt, dass mit dieser positiven Unendlichkeit nichts bezeichnet ist, als die sehr bekannte Natur der Begriffe, wonach sie conträre Besonderungen hinter- oder nebeneinander anzunehmen im Stande sind; so kann z. B. die Blume eine Rose und daneben auch eine Nelke oder eine Lilie sein. Diese Eigenthümlichkeit der Begriffe ist Nichts, was der Verstand nicht begreifen könnte, vielmehr die selbstverständliche Folge davon, dass das trennende Denken bei der Bildung des Begriffs diese conträren Besonderungen erst abgetrennt hat.

Das „Und" bedarf Mehrerer zu seiner Anwendung und verbindet zwar, aber ohne irgend eine nähere Bestimmung; so dass das Verschiedenste und Entgegengesetzte dadurch verbunden werden kann; daraus erhellt, dass es selbst kein Bild eines Seienden ist, sondern eine an sich leere Beziehungsform im Dienste des Denkens und namentlich der erleichterten Mittheilung.

Das „Oder" ist eine so eigenthümliche Vorstellung, halb Trennung, halb Verbindung, dass bei ihr sofort klar ist, wie sie kein Seiendes bezeichnet, sondern ebenfalls nur eine Beziehung innerhalb des Denkens.

Das „Gleiche" erfordert Mehrere; es kann als solches nicht wahrgenommen werden und ist keine seiende Bestimmung, wie schon daraus erhellt, dass derselbe Gegenstand in demselben Moment gleich und ungleich ist, je nachdem ich ihn auf dieses oder jenes Ding beziehe. Diese Feder ist gleich mit jener Feder und ungleich in Bezug auf dieses Tintenfass.

Die Zahlen erfordern mehrere Einsen; die Eins ist noch keine Zahl, sondern nur das Element der Zahlen; um mehrere Dinge zählen zu können, müssen sie als Einsen aufgefasst werden.

Die Zahlen als solche sind nichts Seiendes; denn ich kann denselben Gegenstand zu einer 2, 3, 4 u s. w. machen, je nachdem ich den Anfang mit Andern im Zählen mache, und dieser Thaler kann ebenso gut zur Summe von 3, wie von 300 Thalern gehören. Es erhellt also, dass die Zahlen gar keine seiende Bestimmung der Dinge sind, sondern nur eine Form, sie zu beziehen.

Von der wichtigen Beziehung des „Alle" ist dies ebenso leicht nachzuweisen. Es kann die verschiedensten Zahlen befassen, ja selbst eine ganz unbestimmbar grosse Zahl, z. B. Alle Menschen, die von jetzt ab geboren werden werden; oder: alle möglichen Dreiecke.

Die nun folgenden sechs Beziehungen haben das Eigenthümliche, dass sie in Gegensätze zerfallen und schon damit ihre beziehende Natur kenntlich machen. Es folgt dies auch daraus, dass derselbe Gegenstand bald als Ganzes, bald als Theil, bald als Ursache, bald als Wirkung u. s. w. aufgefasst werden kann, was bekanntlich bei seienden Bestimmungen unmöglich ist; derselbe Gegenstand kann nich zugleich als rund und als dreieckig gelten, wohl aber als Ursache und als Wirkung. Diese Beziehungen haben in Folge dessen das Eigenthümliche, dass dieser Wechsel der Gegensätze durch eine Reihe von Gegenständen ohne Ende fortgehen kann. So kann der Theil wieder als Ganzes gefasst und von Neuem als getheilt angenommen werden; so kann jede Wirkung wieder als Ursache einer weiteren Wirkung angesehen werden; jede Substanz kann auch als Accidenz einer höheren aufgefasst werden; so hat Spinoza den Menschen zum Modus oder Accidenz Gottes gemacht. Der Inhalt kann wieder als Form behandelt und ein tiefer liegendes Stück als Inhalt gelten; so gilt bei einem Testament die Schrift als Form, die Erklärung als Inhalt; allein dieser Inhalt hat wieder an der deutschen Sprache die Form und die Gedanken sind der Inhalt u. s. w. Das Innere wird durch sein Erkanntwerden zu einem Aeussern und das Innere zieht sich dann als das noch nicht Erkannte tiefer zurück. Indem so diese Beziehungen in sich selbst keinen Abschluss haben, verlaufen sie in ihrer Anwendung auf Seiendes ohne Ende for . wenn die Natur des Seienden nicht der weiteren Fortsetzung des Wechsels hinderlich wird.

Das Wesen der Causalität liegt in dem Begriff der Erzeugung; die Wirkung soll aus der Ursache hervorgehen; diese Erzeugung ist aber niemals wahrzunehmen; die Wahrnehmung bietet nur die regelmässige zeitliche Folge des Andern (Wirkung) auf das Eintreten des Einen (Ursache). das Seiende in der Causalität ist nur diese zeitliche Folge der beiden begrifflichen Stücke Mehr nimmt auch Kant in diese Kategorie nicht auf. Trotzdem hält auch Kant sie für einen blossen. dem Denken angehörenden und nur den Dingen-an-sich übergezogenen Begriff Hume desgleichen, nur fehlte er darin, dass er die causale Beziehung als eine blosse Gewohnheit des Denkens nahm, während derselben doch die Nothwendigkeit und Allgemeinheit einwohnt. Um diese unfassbare Erzeugung zu beseitigen, hat die moderne Naturwissenschaft sie in eine blosse Bewegung und andere Gruppirung der ewig unerzeugten Atome verwandelt.

Wenn Haller sagt: „In's Innere der Natur dringt kein er„schaffener Geist", so bezeichnet dies keine Wahrheit, sondern nur das neckende Spiel der Beziehungsform des Innern und Aeussern. Sobald wie in der Erkenntniss eines Gegenstandes ein Schritt weiter geschehen ist, wird dieser erkannte Theil, der vorher ein Inneres war, zu einem Aeusseren, und da dieses nicht ohne Inneres gedacht werden kann, so muss dieses Innere von Neuem als das noch Unerkannte tiefer in den Gegenstand verlegt werden. Jede noch so grosse Erkenntniss des Gegenstandes hebt daher dieses Innere nicht auf, so wie man jene als Aeusseres nimmt; ebenso wie jede Sache eine Wirkung nach sich haben muss, wenn man sie als Ursache setzt. Diese Nothwendigkeit liegt aber nicht in dem Seienden, sondern nur darin, dass ihm die Beziehung einer Ursache übergezogen wird. Deshalb läuft die Kette der Ursachen und Wirkungen ohne Ende fort; allein dies gestattet keinen Schluss, dass auch im Sein eine endlose Folge des Einen auf das Andere Statt finden müsse. Alle diese unendlichen Reihen, welche eine so grosse Rolle in der Philosophie spielen, sind nur die Folge davon, dass man diese Beziehungsformen, welche den Wechsel ihrer Gegensätze ohne Aufhören gestatten, als ein Seiendes nimmt. Diese Verwechslung ist der alleinige Grund von den berühmten Antinomien Kant's. In der Thesis wird jedesmal das Seiende als ein solches aufgefasst und es zeigt sich da als endlich; in der Antithesis wird es dagegen als Beziehung aufgefasst und wird damit zu einer endlosen Reihe. Man braucht deshalb nur die Natur der Beziehungen darzulegen, um sofort diese Widersprüche zu beseitigen und die Antinomien aufzulösen. Indem Kant die Natur dieser Beziehungen nicht erkannte. war er deshalb genöthigt, das Seiende zur blossen Erscheinung herabzusetzen. Allein diese Auflösung durch Unterscheidung der Dinge-an-sich von ihren Erscheinungen ist unbefriedigend, wie schon Hegel bemerkt hat, weil der Widerspruch innerhalb der Erscheinungen, d. h. innerhalb des Denkens bleibt.

Insofern ein Seiendes als ein Trennbares aufgefasst werden kann, ist es leicht, dasselbe in Beziehungen aufzulösen oder umzuwandeln. Dies that Leibniz mit dem Raum und der Zeit. Wenn man ihre Stetigkeit nicht beachtet, so lösen sie sich in eine Anzahl von Orten auf; Raum und Zeit mit ihren Bestimmungen von Vor und Nach, Innen und Aussen, Neben u. s. w. werden dann zu blossen Verhältnissen oder Beziehungen dieser Orte; eine Auffassung, welche auch Kant lange getheilt hat und die noch in seiner „Kritik der reinen Vernunft" an einigen Stellen hervortritt.

Es giebt überhaupt viele Bestimmungen im Seienden, welche leicht als Beziehungen gefasst werden können und in dieser Form verständlicher erscheinen. Dies gilt z. B. von jedem Thätigen, welchem als solchem ein Leidendes gegenübersteht; man kann eines nicht ohne das andere denken; deshalb liegt es nahe, sie als Beziehungen zu fassen; allein der seiende Vorgang ist hier in Wahrheit einer, nur das Denken spaltet ihn, und erst dadurch drängt sich die Beziehung ein. Aristoteles, der zuerst die Beziehungen als τα προς τι zu einer besonderen Kategorie erhob, ist vorzüglich durch diesen Umstand an deren voller Erkenntniss gehindert worden. So gilt ihm das Wissen als eine Beziehung, weil es auf einen Gegenstand sich beziehe; so gilt ihm der Herr als eine Beziehung, weil seine Herrschaft sich auf einen Sclaven beziehe. Aristoteles ist durch dieses Missverständniss immer darüber schwankend geblieben, ob er die προς τι zu dem Seienden (τα όντα) rechnen solle oder nicht.

So ist die Grenze oder das Ende von dem Seienden selbst eine seiende Bestimmung; die Grenze wird wahrgenommen; allein es liegt sehr nahe, sie nicht blos als Ende des Einen, sondern auch als Anfang des daranstossenden Anderen zu nehmen; sie verwandelt sich dann in eine, dem Nicht angehörende Beziehungsform. Indem Hegel diesen Unterschied übersieht und beide Auffassungen als die eines Seienden nimmt, gelingt es ihm, in dem Begriffe der Grenze einen Widerspruch aufzuzeigen, weil „die Grenze einerseits die Realität des Daseins ausmache und sie „andererseits dessen Negation sei". (Hegel's Werke, Bd. VI. S. 182.) Diese Verwechslung der Beziehungen mit seienden Bestimmungen muss natürlich fortwährend zu Widersprüchen führen, und sie ist ein weiterer Grund, weshalb Hegel in so vielen Begriffen den Widerspruch findet und denselben deshalb zu dem Kennzeichen der Wahrheit oder des Vernünftigen erhebt.

Mann kann nun fragen: Woher stammen diese Beziehungsformen, wenn sie dem Seienden nicht entlehnt sind? Der Realismus kann darauf keine Antwort geben; er findet sie nur, gleich dem Satze von dem Nichtsein des sich Widersprechenden, als vorhanden in dem Denken aller Menschen; die Sprache der alten und der modernen Völker haben sie durch besondere Worte ausgezeichnet und ihre Anzahl ist, wie gezeigt worden, nicht erheblich, wenn man versteht, deren Verbindungen auf ihre Urformen zurückzuführen.

Ihr Nutzen für das Wissen scheint nach dem bisher Dargelegten sehr zweifelhaft; ja sie verwirren leicht und führen zu Irrthümern, wenn man sie für seiende Bestimmungen der Dinge selbst hält. Dieser Nachtheil wäre unzweifelhaft sehr gross, wenn man mit Kant meinte, dass die Anwendung seiner Kategorien, welche, mit Ausnahme der Realität, lauter Beziehungen enthalten, auf den Wahrnehmungsinhalt und damit ihre Auffassung als Seiensbegriffe für den Menschen unvermeidlich sei, weil nur dadurch eine Erfahrung für ihn zu Stande kommen könne. Allein wenn dies nicht nothwendig ist, wie sich leicht zeigen lässt, so wäre dieser Nachtheil nur durch die eigene Schuld der Menschen herbeigeführt und bei einiger Aufmerksamkeit zu vermeiden. Trotzdem zeigt die Erfahrung und Sprache, dass kein Volk die Beziehungen zu entbehren vermocht hat, und näher betrachtet, liegt ihr Nutzen zunächst in einer Erleichterung des Denkens und der Gedankenmittheilung, vor Allem aber in einer stärkeren Vergeistigung des von der Wahrnehmung überkommenen Inhaltes des Seienden. Schon durch die Uebernahme dieses Inhaltes in die Wissensform bei der Wahrnehmung ist diese Vergeistigung eingetreten und durch die Verschmelzung dieses Inhaltes mit Beziehungen tritt diese Vergeistigung ein zweites Mal ein. Der Vorgang gleicht dem Verfahren der Spinne; durch ihr Netz gewinnt sie zunächst ihren Fang, wie das Wissen seinen Inhalt durch die Netze der Sinne beim Wahrnehmen; dann kommt die Spinne hinzu und umzieht den Fang mit den aus ihr selbst entnommenen Fäden und nun erst ist er ganz ihr Eigen. So umspinnt das Denken den Fang der Sinne mit seinen Beziehungsformen, und indem diese aus ihm selbst entnommen sind, erscheint nun erst der Inhalt ganz ihm eigen, erst nun ist er mit dessen eigensten Fäden durchzogen.

So will der Mensch nicht blos wissen, was ein Gegenstand ist, sondern auch was er nicht ist; erst wenn auch sein Unterschied von anderen Dingen mit gewusst wird, fühlt das Wissen sich im vollen Besitz des Gegenstandes; d. h. erst durch den Hinzutritt dieser Beziehung auf Anderes erreicht das Wissen des Was seine volle Bestimmtheit. Das Aehnliche wird durch das Vergleichen erreicht. Alle Wissenschaften und Lehrbücher benutzen dieses Vergleichen, um den Begriff eines Gegenstandes klarer zu machen. Die Zahlen enthalten in sich eine Bestimmtheit und eine Schärfe des Unterschiedes, welche ein Uebergehen der einen in die andere völlig ausschliesst; man nennt sie daher discret. Deshalb ist deren Gebrauch für den Menschen überall da unentbehrlich, wo es ihm auf die bestimmte Erkenntniss einer Grösse ankommt. Das Maass bildet da die Eins und die Zahl dieser Einsen giebt die Grösse des Gegenstandes. Weil bei den Qualitäten diese unmittelbare Anwendung der Zahlen nicht möglich ist, werden sie in der Physik in Grössen umgewandelt, oder als Ursachen solcher behandelt und an diesen dann die gleiche Bestimmtheit durch Messen und Zählen erreicht, wie der Thermometer ein Beispiel ist. Der in der Causalität enthaltene Begriff der Erzeugung dient wesentlich zum geistigern Verständniss der im Sein bestehenden, an sich höchst wunderbaren Verkettung begrifflicher Stücke, wonach, wenn das Eine ist, das Andere allemal nachfolgen muss. Indem nun diesem Vorgange die Beziehungsform von Ursache und Wirkung übergezogen wird, ist damit kein neuer Inhalt gesetzt, aber der Vorgang ist nun fasslicher geworden; er hat sein Wunderbares für die Seele verloren, weil die Erzeugung eine Beziehungsform ist, die aus dem Innern der Seele selbst stammt. Aehnlich führt die Substanz zum Verständniss, wie viele für sich unselbstständige Eigenschaften durch ihre blosse Verbindung ein Selbstständiges werden können. Diese Beispiele dürften genügen, um den eigenthümlichen Werth der Beziehungsformen für das menschliche Wissen darzulegen.

Ich wende mich nun zu den Wissensarten. Hier führt die Beobachtung zu sechs Arten; sie sind: 1) das blosse Vorstellen, 2) das wahrnehmende Wissen, 3) das gesteigerte Wissen (Aufmerksamkeit), 4) das bekannte Wissen, 5) das gewisse Wissen, und 6) das nothwendige Wissen.

Sie haben alle das mit einander gemein, dass derselbe Gegenstand, oder derselbe Wissensinhalt auf diese sechs verschiedenen Arten gewusst werden kann, ohne dass dieser Inhalt selbst davon im Mindesten berührt oder verändert wird. Ich sehe z. B. diesen Mann auf der Strasse gehen; dies ist ein wahrnehmendes Wissen; der Mann biegt um die Ecke und ich kann ihn nicht mehr sehen, aber seine Gestalt, seine Kleidung, sein Gang, kurz, der ganze wahrgenommene Inhalt seiner ist als Inhalt noch in meinem Wissen und kann auch ohne Wahrnehmung später wiederkehren. Das ist das blosse Vorstellen. Der Mann kommt nun bald wieder zurück und macht den Weg öfters; nun ist meine Vorstellung seiner eine mir bekannte; ich höre, dass dieser Mann mein neuer Vorgesetzter ist, nun steigert sich die Vorstellung seiner bei mir im Grade; dies ist das gesteigerte Wissen, oder das aufmerksame Wissen; indem ich ihn dann wiedersehe, habe ich die Gewissheit, dass er noch ist, noch existirt; das ist das gewisse Wissen. So hat der Schüler in dem geometrischen Lehrsatz, wenn er ihn das erste Mal von seinem Lehrer aussprechen hört, bereits denselben Inhalt in seinem Wissen, wie später, wo er den Beweis desselben kennen gelernt hat; allein erst dann ist sein Wissen des Lehrsatzes ein nothwendiges; es kann nun nicht anders sein, als es der Lehrsatz besagt.

Diese Beispiele werden genügen, um die Natur dieser Wissensarten zu verstehen. Sie sind offenbar nicht der Ausdruck einer seienden Bestimmung am Gegenstande, sondern sie bezeichnen nur die besondere Art, wie solche Bestimmung oder der Gegenstand gewusst wird. Dessenungeachtet ist auch hier die Verknüpfung der Wissensart mit dem Inhalte des Seienden so eng, dass das gewöhnliche Denken und die aus ihm hervorgegangene Sprache die Wissensart oft als eine Eigenschaft des Gegenstandes selbst behandelt; so sagt man: Dieser Mann ist ein bekannter Mann; dieser Vorfall ist durchaus gewiss; der Donner ist nothwendig, wenn es geblitzt hat; die Gleichheit der Winkel ist eine nothwendige Eigenschaft des gleichseitigen Dreiecks. Trotzdem kann das Nothwendige, so wenig wie das

Gewisse und Bekannte, zu den seienden Eigenschaften des Gegenstandes gehören, denn sie alle werden nicht wahrgenommen; sie sind nur verschiedene Arten, denselben Gegenstand zu wissen, und hängen von den persönlichen Umständen des wissenden Menschen ab; deshalb ist derselbe Gegenstand dem Einen ein bekannter, dem Andern ein neuer, deshalb gilt derselbe Vorgang dem Einen als gewiss, dem Andern als ungewiss; deshalb kennt der Schüler wohl den das erste Mal gehörten Lehrsatz, er ist ihm ein blosses Wissen; er glaubt wohl auch auf das Ansehen des Lehrers hin an seine Wahrheit, d. h. er ist ihm ein gewisser, aber die Nothwendigkeit dieses Lehrsatzes besteht zunächst nur in dem Wissen des Lehrers. Der Astronom weiss die nächste Sonnenfinsterniss auf Grund seiner Berechnungen als nothwendig, das Publikum nimmt diese Angabe zwar als gewiss, aber es empfindet nicht ihre Nothwendigkeit.

Man wird wohl im Allgemeinen geneigt sein, diese Wissensarten als persönliche, den wissenden Menschen angehörige Zustände anzuerkennen; nur bei der Nothwendigkeit dürfte man bedenklicher werden, da die meisten Systeme diese Nothwendigkeit als etwas Reales, ja als eine dem höchsten Seienden, wie der Gottheit, wesentliche Bestimmung behandeln und selbst die Sprache sich hier weniger fügsam zeigt, um das Subjective dieser Bestimmung durch sie auszudrücken. Es kann indess hier daran erinnert werden, dass alle Systeme die Nothwendigkeit zu den Kategorien der Modalität rechnen und dass Kant in seiner Kritik der reinen Vernunft im Abschnitt über die Postulate des Denkens sagt: „Die Kategorien der Modalität haben das Beson-„dere an sich, dass sie den Begriff, dem sie als Prädikat beigefügt „werden, als Bestimmung des Objekts nicht im Mindesten ver-„mehren, sondern nur das Verhältniss zum Erkenntniss-„vermögen ausdrücken. Selbst wenn der Begriff eines Dinges „ganz vollständig ist, kann ich noch fragen, ob der Gegenstand „möglich, wirklich oder nothwendig ist." Hier wird die Natur der Nothwendigkeit als einer blossen Wissensart so klar und bestimmt von Kant anerkannt, als der Realismus es nur wünschen kann. Merkwürdiger Weise hält indess auch Kant diese Natur der Nothwendigkeit nicht fest, sondern behandelt in der vierten Antinomie dieselbe wieder als eine seiende Bestimmung und spricht da von einem schlechthin nothwendigen Wesen. Noch mehr wiederholt sich dies in seiner Kritik der praktischen Vernunft.

Alle diese Wissensarten sind mit einer, jeder eigenthümlichen Empfindung verbunden, vermöge deren das darin durchzogene Wissen, eben als eine besondere Art desselben, dem Menschen gilt. Diese Empfindung ist kein Schmerz- oder Lustgefühl, aber wird doch als eine seiende Bestimmung der Seele gelten müssen, so dass ihrer Ursache deshalb nachgegangen werden kann. Hier zeigt die Beobachtung, dass die Nothwendigkeit hauptsächlich aus der Erkenntniss der Identität hervorgeht und dass sie deshalb jedem auf den Satz des Widerspruchs gegründeten Wissen anhängt. Deshalb hat auch die Conclusion im Syllogismus die Nothwendigkeit an sich, denn die Conclusion ist nur in der Form von den beiden Prämissen verschieden, dem Inhalte nach aber bereits vollständig in ihnen enthalten; jede andere Conclusion würde zu einem Widerspruch mit den als wahr gesetzten Prämissen führen, und da dieser Widerspruch nach dem Prinzip des Realismus nicht sein kann, so ist die Conclusion nothwendig. Deshalb sind alle Sätze der Geometrie nothwendig, sobald sie mittelst der Hülfslinien als Conclusionen aus Prämissen sich ergeben und diese Prämissen schon früher bewiesen worden sind. Nur bei dem ersten Lehrsatz, mit dem die Geometrie beginnt, ist dies nicht möglich, und deshalb wird bei dem Satze, dass zwei Dreiecke einander gleich und ähnlich sind, wenn zwei Seiten und der von ihnen eingeschlossene Winkel sich gleich sind, die Identität in anderer, mehr sinnlicher Weise dargelegt, indem gezeigt wird, dass diese Dreiecke, aufeinander gelegt, sich decken müssen.

Diese Identität, oder die Unmöglichkeit des Widerspruchs, ist die Hauptquelle aller Nothwendigkeit im menschlichen Wissen. Indess hängt diese Nothwendigkeit nicht blos dem zweiten, sondern auch dem ersten Satze im Prinzipe des Realismus an. Auch das Wahrgenommene hält der Mensch nothwendig für ein Seiendes; deshalb kann ein Streit unter den Menschen nicht blos durch Syllogismen, sondern auch durch Wahrnehmung geschlichtet werden. Bei dem Streit, ob schon Veilchen im Garten blühen, geht man hinaus, und sieht man sie da, so ist der Streit nothwendig gehoben. Indem jedoch der erste Satz in dem Prinzip des Realismus dem zweiten untergeordnet ist, weicht diese auf dem ersten Satze beruhende Nothwendigkeit zurück, wenn sie zum Widerspruch mit einem sonst als wahr Anerkannten führt. Aus solchem Conflict beider Sätze entspringt der Schein, jener merkwürdige Wissenszustand, wo der Mensch, trotzdem, dass er wegen des Widerspruchs seine Wahrnehmung für falsch halten muss, dennoch durch die dem Wahrnehmen einwohnende Nothwendigkeit sich fortwährend getrieben fühlt, das Wahrgenommene für wahr zu halten. Man denke an den aufgehenden Mond, wo man, wenn man hinsieht, sich kaum enthalten kann, ihn für grösser zu erklären, als den Mond im Zenith, obgleich hier der Schein durchaus nicht auf einer Sinnestäuschung beruht. Eine dritte Quelle der Nothwendigkeit liegt in jenen Beziehungsformen, welche sich in zwei Gegensätze spalten; hier ist, wenn der eine gesetzt wird, auch das Setzen des anderen nothwendig; nehme ich einen Gegenstand als Ursache, so muss ich auch eine Wirkung dazu setzen, selbst wenn ich sie nirgends finden kann; dasselbe gilt von der Substanz und dem Accidenz, von dem Aeusseren und Inneren, von der Form und dem Inhalte u. s. w.

Weitere Ursachen dieser Wissensart der Nothwendigkeit sind nicht vorhanden.

Für das praktische Leben ist die Wissensart der Gewissheit die wichtigste. Selbst der Gelehrte weiss nur einen kleinen Theil seines Wissens als nothwendig; auch er muss das Meiste auf Treu und Glauben annehmen, sei es auf Grund von Mittheilung lebender Menschen, oder auf Grund von Büchern, von Schriften und anderen Dokumenten. So beruht der grösste Theil des Wissens des einzelnen Menschen nict auf der eigenen Anwendung des realistischen Prinzips, sondern auf dem Glauben. Der Glaube gehört zur Wissensart der Gewissheit; sie hat ihre verschiedenen Ursachen und kann von dem schwächsten Grade bis zu einem so hohen steigen, dass der Glaube, wie man sagt, Berge versetzt und sogar das sich Widersprechende für wahr hält. *Credo*, sagt Tertullian, *quia absurdum est.* Die Wissensart der Gewissheit mit ihren verschiedenen Graden ist von Kant das Meinen und das subjective Fürwahrhalten genannt worden, während er das Wissen des Wahren das objective Fürwahrhalten nennt. Diese Bezeichnung ist nicht treffend; die persönliche Ueberzeugung, auch wenn sie nicht die Wahrheit enthält, beruht auf ebenso festen nnd allgemeinen, d. h. objektiven Gesetzen, wie die Erkenntniss oder das Wissen des Wahren. Letzteres geht aus der Anwendung des erkenntniss-theoretischen Prinzips hervor und hat neben seiner Wahrheit auch die Gewissheit von seiner Wahrheit in sich. Insofern gehört das erkenntniss-theoretische Prinzip auch zu den Ursachen, welche ein gewisses Wissen, d. h. eine Ueberzeugung von seiner Wahrheit hervorbringen. Allein die Gewis-heit hat daneben noch andere Quellen, welche wesentlich in den Gefühlen des Menschen, insbesondere in den Achtungsgefühlen vor den Autoritäten ihren letzten Grund haben. Das Kind glaubt den Eltern, der Schüler glaubt dem Lehrer, der Fromme glaubt den Aussprüchen des Priesters, die Menge glaubt ihren Führern und an die Wahrheit ihrer politischen oder sozialen Programme; nicht weil sie den Inhalt des Geglaubten auf das Prinzip der Wahrheit geprüft haben, sondern weil die Aussprüche von Personen kommen, welche ihnen als Autoritäten gegenüberstehen, und weil man ein festes Vertrauen auf ihre höhere Weisheit hat und auf ihren guten Willen, die Wahrheit zu sagen. Je höher die Autorität in ihrer Erhabenheit steigt, desto stärker wird das Fürwahrhalten ihrer Aussprüche bei den Anderen.

Das grossartigste Beispiel dieser Wirkung der Autorität auf das Fürwahrhalten geben die Religionen. Für den realistischen Philosophen haben sie ihren Ursprung bei dem Stifter in der schwärmerischen Auffassung gewisser Lehren, als einer unmittelbare Eingebung Gottes, welche die Phantasie seiner Jünger und Anhänger allmälig zu einem System ausbildet und mit Legenden, Wundern und Prophezeiungen unwillkürlich umgiebt; für die grosse Masse beruht der Glaube an diese Lehren und Verheisungen auf den Einflüssen der Erziehung in der Familie und Schule, auf dem Leben in einem Volke oder einer grossen Gemeinschaft, welche dieselben Ueberzeugungen hegt und bethätigt, endlich auf dem feierlichen Cultus, welcher den höchsten Priester der Berührung mit der Masse entrückt und mit einem erhabenen Scheine umkleidet. Deshalb ist der religiöse Glaube in einem Lande um so fester, je stärker diese Ursachen zusammenwirken und je mehr nur eine Religion im Lande besteht, und je grösser die Scheidung der Priester von den Laien ist. Ob dabei der Inhalt der Religion sich mit den Prinzipien der Wahrheit verträgt oder nicht, tritt bei der grossen Masse der Gläubigen ganz zurück. Selbst die Gebildeten haben hier von jeher Mittel gefunden, das Gebiet des Glaubens von dem der Wissenschaft getrennt zu halten und von den dabei hervortretenden Schwierigkeiten das Auge abzuwenden vermocht.

Es ist deshalb ein durchaus thöriges Beginnen, wenn die Philosophie meint, den Glauben mit den Gründen der Wissenschaft bekämpfen zu können. Seit Jahrhunderten ist dies von den Deïsten in England, von Voltaire und den Enzyklopädisten in Frankreich, von den Rationalisten, den Naturforschern und den Anhängern des Materialismus in Deutschland in der mannichfachsten und gründlichsten Weise versucht worden; selbst die Kunst hat man dazu benutzt; die hierher gehörenden Romane von Eugen Sue und Anderen sind zu hunderttausenden von Exemplaren in Frankreich und allen katholischen Ländern verbreitet worden, und trotzdem zeigt sich der Erfolg gleich Null. Sowie die Religionen nicht von Männern der Wissenschaft begründet werden können, so können sie auch nicht von ihnen zerstört werden; der Glaube ruht auf Fundamenten, die zwar erschüttert werden können, aber nur nicht durch das Mittel einer wissenschaflichen Widerlegung seines Inhalts. Ein höchst anziehendes Beispiel davon giebt der Briefwechsel Spinoza's mit Albert Burgh, einem seiner ehemaligen Schüler, welcher in Rom zum katholischen Glauben übergetreten war. Beide erschöpfen sich in Gründen, den Gegner zum Glauben oder umgekehrt zur Wissenschaft zurückzuführen; allein Beide ohne den mindesten Erfolg. Indem Glauben und Wissenschaft auf durchaus verschiedenen Fundamenten beruhen, bieten die modernen Versuche, der Religion durch die Wissenschaft hie und da zur Hülfe zu kommen und die schlimmsten Sätze in ihr fallen zu lassen oder in logische Kategorien umzuwandeln, eine der kläglichsten Erscheinungen von Halbheit in der Gegenwart.

Die Lehre von den Wissensarten kann hier so wenig, wie die von den Beziehungen erschöpft werden; indess wird das Angeführte hoffentlich genügen, um deren wahre Natur und grosse Bedeutung für die Menschheit zu erfassen. Blickt man auf die Systeme der Philosophie seit den Zeiten der Griechen bis auf die Gegenwart zurück, so zeigt sich, dass beinahe alle das wahrhafteste und höchste Sein (das ὄντως ὄν) wesentlich in jenen Kategorien gesucht haben, welche nur Beziehungen oder Wissensarten im menschlichen Vorstellen bezeichnen, aber in keiner Weise als Bild eines Seienden gelten können und deshalb auch zur Erkenntniss eines solchen nicht benutzt werden können. Wie trotzdem die Philosophie darauf gekommen ist, in ihnen die höchste Erkenntniss zu suchen, ist zum Theil schon früher angedeutet worden; nicht wenig hat dazu aber auch die Herabsetzung der Wahrnehmung beigetragen. Weil das von der Wahrnehmung gebotene Sein einem steten Wechsel unterliegt, weil man in den Täuschungen der Sinne sich nicht zurechtfinden konnte, weil die Begriffe dagegen in ihrem Inhalte ein Ewiges und Unveränderliches bieten, oder weil man, wie Kant, die Möglichkeit allgemeiner Gesetze in natürlicher Weise sich nicht zu erklären vermochte, so wurde nur das Denken als der alleinige Weg zur Erkenntniss des Wahren proklamirt und eine besondere Vernunft gegenüber dem Verstande erfunden, die womöglich als intektuelle Anschauung die höchsten Begriffe und Gesetze den Menschen ohne Arbeit in den Schooss legen soll. Die Beziehungen und Wissensarten mussten, da sie ihren Ursprung nicht aus dem Seienden ableiteten, und doch wegen ihrer Verschmelzung mit dem Seienden als Kategorien des Seienden galten, diese Richtung der Philosophie wesentlich verstärken, und zuletzt wurden so diese Kategorien des blossen Wissens zu den Kategorien des höchsten Seins; man erfand ein Absolutes und bemerkte nicht, dass es sich nur aus den Beziehungen des Nicht und des Bedingten zusammensetzt. Auch die ganze Kategorientafel Kant's besteht nur aus Beziehungen und Wissensarten, die Realität ausgenommen, und wenn Kant auch die richtige Erkenntniss hat, dass sie nur Formen sind, welche nicht aus dem Sein stammen, sondern dem Wissen der Seele ursprünglich angehören, so giebt er ihnen doch wieder eine seiende Bedeutung, indem nur durch sie die Erfahrung möglich werden soll. Deshalb könnte man wohl meinen, dass gerade dieser Punkt und die Erörterung, ob diese Kategorien des Wissens als Kategorien des Seienden gelten können oder nicht, zu den wichtigsten Aufgaben der Philosophie in der Gegenwart gehören. —

Ich habe damit begonnen, dass ich die erkenntniss-theoretischen Prinzipien für unbeweisbar erklärt habe; ich kann deshalb auch Alles, was ich hier daraus abgeleitet habe, nicht in der Weise einer geometrischen Deduktion oder eines Syllogismus Ihnen beweisen und daher Niemand zu dem Fürwahrhalten des Vorgetragenen zwingen; indess lässt sich doch mancher wichtige Umstand anführen, der, ohne streng beweisend zu sein, dennoch das realistische Prinzip unterstützt, und es annehmbarer zu machen geeignet ist. Ich werde mit der Darstellung dieser Umstände schliessen.

Erstens hat das erkenntniss-theoretische Prinzip des Realismus die allgemeine thatsächliche Geltung für sich, soweit unsere Kenntniss der Menschen und Völker reicht. Dass das Wahrnehmen der Seele ein Wissensbild von einem seienden Gegenstande giebt; dass das sich Widersprechende unmöglich ist, diese Sätze gebraucht auch der roheste und ungebildetste Mensch tagtäglich, um daraus seine Erkenntniss des Seienden zu entnehmen, und selbst Hegel kann, obgleich er den Satz des Widerspruchs in seiner Lehre verspottet und verletzt, doch nicht umhin, denselben fortwährend zur Widerlegung seiner Gegner zu benutzen. Beide Sätze erscheinen dem Menschen angeboren; schon das Kind bedient sich derselben, wird von denselben in seinem Wissen geleitet, wenn es auch diese Sätze in ihrem Für-sich-sein noch nicht kennt. Sie bezeichnen auch nicht blosse Formeln, die man als solche kennen müsste, um danach zu verfahren; nein, sie bezeichnen die der Seele einwohnenden Kanäle und Kräfte, welche nach diesem Prinzip wirken und das Wissen mit einem Inhalt erfüllen, auch wenn sie nicht gekannt sind. Man erkennt durch diese Kräfte, wie man vermittelst der physikalischen und chemischen Kräfte verdaut; beides ohne diese Kräfte und ihre Gesetze zu wissen.

Indem der Philosoph sonach nur dieselben Mittel, wie jeder andere gesunde Mensch zur Erkenntniss der Dinge benutzen kann und auch der Gegenstand, das körperlich und geistig Daseiende, für Beide derselbe ist, so erhellt, dass der Unterschied der Philosophie von den besonderen Wissenschaften nicht in einem der Philosophie eigenthümlichen Gegenstande und nicht in besonderen, ihr eigenthümlichen Mitteln der Erkenntniss beruhen kann, sondern dass ihr Unterschied nur darin liegt, dass die besonderen Wissenschaften von bestimmten Voraussetzungen ausgehen und nicht bis zu den höchsten Begriffen und Gesetzen hinaufsteigen, während die Philosophie den von jenen beschafften Stoff der Wahrnehmung aufnimmt und die von jenen gebildeten Begriffe und Gesetze bis zu den höchsten fortführt, wo sie über das Gebiet aller Wissenschaften sich ausdehnen, damit die höchste Controle für ihre Wahrheit erfahren und das höchste einende Band für den unermesslichen Reichthum der besonderen Wissenschaften bilden. Deshalb besteht auch keine feste Grenze zwischen den besonderen Wissenschaften und der allgemeinen oder der Philosophie; jene greifen bald in diese, und diese bald in das Gebiet jener ein, und je mehr die Begriffe der Philosophie Gemeingut der Gebildeten werden, um so mehr ziehen schon die besonderen Wissenschaften einen Theil der Philosophie in ihre Darstellung hinein.

Zweitens. Das realistische Prinzip der Erkenntniss gilt nicht blos allgemein, für alle Menschen, es wirkt auch bei allen mit Nothwendigkeit. Weil es das Gesetz einer Kraft und eines unaufhaltsamen Geschehens innerhalb des menschlichen Wissens bezeichnet, ist auch jeder an seiner Seele gesunde Mensch diesem Prinzip mit Nothwendigkeit in seinem Wahrnehmen und Denken unterworfen. Deshalb kann selbst der entschiedenste Idealist sein System nur am Schreibtisch mit der Feder aufrecht erhalten; sowie er aufsteht und das Fenster öffnet, ist er dem realistischen Prinzip unterthan und muss Dinge und Menschen als seiend neben sich anerkennen, und danach sein Handeln einrichten.

Drittens. Indem der Realismus sein Prinzip mit allen Menschen gemein hat und alle danach ihr Wissen erwerben und die Wahrheit bestimmen, ist es der realistischen Philosophie möglich, eine Sprache zu reden, die klar und deutlich ist, die von Widersprüchen sich frei hält, und die selbst von dem einfachen Manne bald gefasst werden kann; denn er findet hier dieselben Kräfte und Gesetze wieder, die er selbst fortwährend übt und nach denen die ihm geläufigen Vorstellungen und die Sprachen sich zum grössten Theile gebildet haben.

Viertens. Das realistische Prinzip allein kann sich durch alle Gebiete hindurch konsequent erhalten; es hat selbst für die Gebiete der Moral, des Rechts und der schönen Künste an den Gefühlen der Achtung und Lust und deren idealen Nachklängen den festen Boden, wo die Beobachtung und Induktion genau in derselben Weise zur Erkenntniss führen kann, wie innerhalb des Gebietes der Natur. Dagegen vermag der Idealismus, je strenger er sein Prinzip entwickelt, um so weniger das Recht, die Moral und die dahin gehörenden Gestaltungen des menschlichen Lebens und Handelns zu erfassen. Dieses Handeln ist nicht möglich, wenn Raum und Zeit nichts Reales sind, wenn das wahrhaft Wirkliche zeit- und raumlos ist; die menschlichen Handlungen selbst werden dadurch zu einem Unwirklichen, zu einem blossen Schein oder zu einer Erscheinung herabgesetzt, die unmöglich einen sittlichen Werth beanspruchen kann. Deshalb müssen ebenso Kant, wie Fichte und Schopenhauer ihre idealistische Lehre verlassen und durch irgend ein Kunststück eine Mehrheit von Individuen schaffen und die erst zur Erscheinung herabgesetzte Welt durch irgend eine Wendung wieder zu einer wirklichen erheben, ehe ihnen eine Ethik möglich wird.

Fünftens schliesst das realistische Prinzip alle vorgefassten Meinungen aus, mit dem andere Systeme an ihren Gegenstand herantreten. Es hat weder ein Kategorien-Schema, wie Kant, unter dem alle Dinge betrachtet und geordnet werden sollen, noch ein Prinzip der dialektischen Entwickelung oder genetischen Abfolge, vermöge dessen der Inhalt sich aus sich selbst erzeugen müsse; vielmehr fordert es nichts, als ein unbefangenes Herantreten an den Gegenstand. Der Mensch hat darnach nur seine Sinne zu öffnen, um den Inhalt des Seienden in das Wissen überfliessen zu lassen, und indem er sich voll und ganz in den

Gegenstand versenkt und dessen Inhalt zu dem schon in der Seele vorhandenen Inhalt hinzutritt, erwacht das vergleichende und unterscheidende Denken, es trennen sich die Theile und Eigenschaften der Dinge, durch die Vergleichung wird das begriffliche Trennen auf den rechten Weg geleitet, und allmälich findet der neue Inhalt seine Stelle oder entwickelt sich zu einem brauchbaren Gliede eines Gesetzes. An dem Gegenstande hat dieses Prinzip immer den sicheren Halt, an dem es seine Resultate wiederholt prüfen und im Fall sie sich nicht bewähren, die Untersuchung von Neuem beginnen kann. Die Unterschiede sind für dieses Prinzip das Erste, das πρωτον προς ἡμας und vielleicht auch das πρωτον τῃ φυσει; durch das begriffliche Trennen steigt das Wissen zu höheren Begriffen und durch die Induktion zu höheren Gesetzen auf, und so mindern sich in den höchsten Regionen die Gegensätze: aber das Prinzip verlangt nicht, dass aller Unterschied in eine höchste Einheit aufgehn, dass der Dualismus von Körperlichem und Geistigem, von Sein und Wissen in einem Höchsten zum Monismus werden müsse. Es leugnet nicht diese Möglichkeit, aber es erzwingt sie nicht gewaltsam, wie Plotin, wie Spinoza, wie die Identitätsphilosophen und überschätzt solche Einheit auch nicht; da selbst, wenn sie erreicht wäre, die Unterschiede ebenso wenig wie früher entbehrt werden könnten, um durch deren Anfügung zur Besonderung des Einen und zu dem Reichthume der seienden Welt wieder herabsteigen zu können. Das realistische Prinzip hat deshalb auch kein festes Schema für die Eintheilung; es will weder eine zweitheilige noch eine dreitheilige allen Dingen aufzwängen, sondern es folgt in seiner Heraushebung der Theilungsmomente unbefangen den Unterschieden, die der Gegenstand selbst bietet und deren Begriffe sich als brauchbare Glieder zu Gesetzen ergeben.

Sechstens kennt deshalb das realistische Prinzip auch kein absolutes System. Ueberhaupt ist für es die Ordnung des Inhaltes, sei sie welche sie wolle, nur ein Beziehungsbegriff, für welchen in den Gegenständen kein Anhalt besteht. Jede Anordnung des Stoffes eines wissenschaftlichen Gebiets, jedes System, in welches dieser Stoff gebracht wird, hat keine sachliche Unterlage, sondern dient nur den persönlichen Bedürfnissen des Lernenden und des Lehrers. In dem betreffenden Gebiete sind alle Unterschiede, alle höheren und niederen Begriffsstücke und wirkenden Kräfte auf einmal und bunt durcheinander vorhanden. Dies gilt für die natürliche, wie für die sittliche Welt, für das Körperliche, wie für das Geistige. Wenn der Stoff in eine Ordnung gestellt wird, so liegt der Anlass dazu zunächst in dem jeder Sprache anhaftenden Mangel, dass sie das Allgemeine und das Besondere, bis zur Grenze des Einzelnen hinab, mit einem Worte inhaltsvoll zu bezeichnen nicht vermag; die Fülle von Begriffen eines Gebiets kann nur nach und nach durch Worte mitgetheilt werden, und so ist die Ordnung in dieser Mittheilung wesentlich

durch den Umfang dieser Worte und weiter durch die Persön-
lichkeit des Lernenden und Lehrers bedingt. Je vollständiger
der Kenner einer Wissenschaft sie inne hat, um so mehr ist das
System und die Ordnung, in welcher ihm deren Inhalt zugeführt
worden ist, zurückgetreten. Der Inhalt der Wissenschaft in seinem
Kopfe gleicht dann dem Netze der Spinne; überall wo es berührt
wird, erzittern sofort die verwandten Maschen, und die leiseste
Erschütterung macht das ganze Netz (des Wissens) lebendig.

Man kann den Inhalt eines Gebiets eben so gut von oben
beginnen und synthetisch zu dem Besonderen herniedersteigen,
wie umgekehrt mit dem Einzelnen beginnen und analytisch auf-
steigen, indem zunächst die niederen Begriffe und allmälig die
höheren ausgesondert werden. Man kann in der Physiologie des
Menschen gleich gut mit der Lehre vom Blut, oder von den
Nerven, oder von den Knochen beginnen; in jeder dieser Ord-
nungen sind vortreffliche Werke vorhanden; man kann in
der Rechtswissenschaft mit den dinglichen, oder mit den persönlichen Rechten, oder mit den Rechten des *status* beginnen, und
jede dieser Anordnungen hat ihre eigenthümlichen Vortheile und
Nachtheile. Dies zeigt, dass das System sich nicht aus seinem
Gegenstande entnehmen lässt und wenn der Idealismus eine
genetische Entwickelung des Inhaltes fordert und auf diese die
Wahrheit und Nothwendigkeit gründet, so ist solcher Versuch
zwar blendend und schmeichelt dem Gefühl des Philosophen, aber
es ist für den Kenner ein Leichtes, diese Entwickelung als ein
blosses Kunststück darzulegen, was den Stoff zunächst aus der
Sprache und Erfahrung gesammelt und aufgelesen hat und unter
dem Katheder bereit hält, um zu seiner Zeit als ein durch Entwickelung Gewonnenes hervorzutreten. Solche Methode ist in
Wahrheit das Gegentheil von der Nothwendigkeit, deren sie sich
rühmt; sie ist vielmehr die Willkür. Deshalb ist dem Realismus
der Inhalt der Dinge die Hauptsache; er verlangt nach der
vollen Entfaltung des Reichthums im Seienden; die Ordnung
dieses Inhaltes überlässt er dem persönlichen Bedürfniss der
Lehrer und Lernenden; während der Idealismus durch seine
genetische Methode genöthigt ist, diese Ordnung als das höchste
hinzustellen und darüber die Entwickelung des Inhaltes in den
Hintergrund zu schieben. Ein belehrendes Beispiel dazu bietet
die Logik Hegel's; sie ist ein künstliches Gebäude von lauter
Begriffen; nach den Gesetzen, welche in diesem Gebiete
herrschen, sucht man darin vergebens, und doch sind alle Begriffe nur da und nur gebildet, um als Glieder zu realen Gesetzen
zu dienen. Daher erklärt sich das Unbefriedigte, mit dem selbst
der aufmerksamste Leser dieses Buch am Ende zumacht; eine
Menge von Begriffen tanzen gleich Gespenstern um ihn herum,
aber es fehlt ihm die Handhabe, sie zu leiten und zur Beherr-
schung des Seienden zu benutzen.

Siebentens gewährt das realistische Prinzip mehr wie jedes

andere den entgegengesetzten Richtungen und streitenden Par-
teien eine feste Unterlage, von der gemeinsam ausgegangen
werden kann, um allmälich zu einem gemeinsamen Einverständ-
niss zu gelangen. In der Wahrnehmung des Inhaltes der Dinge
stimmen alle Menschen mit gesunden Sinnen überein; die Sinnes-
täuschungen sind leicht zu entfernen, indem sie selbst auf Gesetze zurückgeführt werden; ebenso sind die Verfälschungen dieses Inhalts, welche namentlich bei dem inneren Sinn durch die
Gefühle bewirkt werden, für den besonnenen Forscher leicht
fern zu halten. Deshalb ist beim Realismus der Boden, von dem
auszugehn ist, für Alle leicht als derselbe darzulegen; aller Zweifel
kann sich dann nur an die Arbeit des Denkens anknüpfen, durch
welche dieser Stoff getrennt, verbunden und bezogen wird und
alle bedeutenderen Irrthümer können nur hieraus ihren Anfang
nehmen. Je länger aber diese Arbeit geübt wird, je grösser die
natürliche Anlage hier unterstützend eintritt, je ernster das Denken und je andauernder und beharrlicher es vollzogen wird, um
so mehr müssen die Irrthümer und Zweifel sich verlieren, während die Künstlichkeit der Prinzipien der idealistischen Systeme
hier dem Irrthume und den sich einmengenden Gefühlen nur einen
schwachen Damm entgegenzusetzen vermögen. Deshalb kann
nur innerhalb des realistischen Prinzips der Streit der Meinungen
sich allmälig verlieren; nur hier muss er dem festen Kerne der
Wahrheit Platz machen. Deshalb kann nur hier der begonnene
Bau durch gemeinsame Arbeit wahrhaft weiter geführt werden;
der neu hinzutretende Arbeiter braucht nicht den Bau bis auf
den Grund wieder einzureissen, um für seine angeblichen Entdeckungen Platz zu bekommen. Bei dem Realismus fügt sich
alles Neue harmonisch zu dem Alten und selbst wenn das Neue
ein altes lang bestandenes Gewölbe durchbricht, bleibt in den
auseinanderfallenden Quadern ein reiches Material, was zu dem
neuen Dome wieder verwendbar ist.

Es liegt Achtens in der Natur des realistischen Princips,
dass es die Systeme anderer philosophischer Richtungen nicht blos
negirt, sondern dass es bei ihnen auch die Stellen klar aufzuzeigen vermag, wo sie sich von dem natürlichen Princip, als welches
nunmehr das realistische gelten dürfte, entfernt haben und damit
auf Abwege und in Widersprüche gerathen sind So ist Kant
nur dadurch auf seinen transcendentalen Idealismus gekommen,
weil er 1) ohne Idealisirung des Raumes und der Zeit zu blossen
Formen des menschlichen Wissens es für unausführbar hielt, die
allgemeinen synthetischen Urtheile (Gesetze) innerhalb der Mathematik zu erklären oder deren Möglichkeit zu begreifen und weil
2) nach seiner Meinung solche allgemeine und nothwendige
Gesetze auch innerhalb der Naturwissenschaft bestehen sollten
aber diese nicht möglich wären, wenn die dazu benutzten Kategorien dem Seienden und nicht dem menschlichen Denken ange-
hörten. Kant übersah hierbei, dass alle Gesetze in der Natur-

wissenschaft nur eine induktive Allgemeinheit, aber keine Allgemeinheit im strengen Sinne haben und dass auch die Lehrsätze der Mathematik zunächst nur durch Induktion, wahrscheinlich von den ägyptischen Priestern, gefunden worden sind, dass deren Beweise eine spätere Zuthat der Griechen sind und dass diese wohl zur Nothwendigkeit der Conclusion in der einzelnen hingezeichneten Gestalt mittelst der Hülfslinien führen, aber dass bei dieser Methode die Allgemeingültigkeit des Lehrsatzes für alle Gestalten, z. B. des begrifflichen Dreiecks, nicht bewiesen wird, und dass diese wahre und strenge Allgemeingültigkeit der geometrischen Lehrsätze nur dadurch zu gewinnen möglich wird, dass man vermöge der stetigen Natur des Raumes die unzähligen z. B. Dreiecke, über die ein Lehrsatz etwas feststellt, auf eine Bewegung der Gestalt innerhalb fester Gränzen zurückführen kann, welche als Bewegung all' diese unzähligen Dreiecke durchläuft und dabei sehen lässt, dass trotz dieser Bewegung die Beweiskraft der Hülfslinien, auf denen der Beweis beruht, nicht erschüttert wird. Hätte Kant dies bemerkt, so wäre sein ganzer transcendentaler Idealismus nicht nöthig gewesen; er hätte bei dem natürlichen Prinzip des Realismus, dem er an sich ja zuneigte, verharren können.

Wenn später Hegel die dialektische Entwickelung zum Prinzip der Wahrheit erhob, so liegt der Grund, abgesehen von der Einwirkung seiner Vorgänger, Kant's, Fichte's und v. Schelling's auf ihn, darin, dass es Hegel weit mehr auf die Allgemeinheit und Nothwendigkeit des Inhaltes, als auf diesen selbst ankam; dass er die Begriffe seiner Logik, welche meist den Beziehungen und Wissensarten angehören, für Begriffe des Seienden nahm und dass er in Consequenz der dialektischen Entwickelung genöthigt war, in den höheren Begriff den ganzen Reichthum seiner Besonderung mit einzuschliessen, da ohnedem die fortschreitende Darstellung des Inhaltes der Wissenschaft nicht als ein blosses Herausheben des in dem höchsten Begriff bereits Enthaltenen erschienen wäre. Nur deshalb muss, in der Sprache Hegel's ausgedrückt, der Begriff auch in seinem Anderssein derselbe bleiben; deshalb muss der Widerspruch aus dem Kennzeichen der Unwahrheit zum Kennzeichen der Wahrheit umgewandelt werden; nur dann können die Besonderungen, zu denen der höhere Begriff sich entfaltet, schon in ihm selbst enthalten sein, obgleich diese Besonderungen, als conträre, einander widersprechen. Daher die bekannte Formel, dass z. B. „das Jetzt die Nacht und auch der Mittag und auch Beides zugleich nicht ist", welche ohne Unterlass in diesem Systeme wiederkehrt; daher die Behauptung, dass die Form des Urtheils überhaupt unfähig sei, die Wahrheit auszudrücken. Der Realismus bedarf solcher Gewaltsamkeiten und solcher Torturen des Denkens nicht; er weiss, dass die Begriffe nicht das Erste sind, dass sie vielmehr durch logisches Trennen aus dem Einzelnen hervorgehen und dass dabei die Besonderungen, trotz der Abtrennung des Gemeinsamen, nicht verschwinden, vielmehr

neben, aber nicht in dem begrifflichen Stück bestehen bleiben
und deshalb von dem Denken jederzeit wieder benutzt werden
können, um den höheren Begriff zu dem niederen und reicheren
zu gestalten, ohne dass es nöthig ist, in dem Begriff, gleich einer
Büchse, all' diese sich ausschliessenden Besonderheiten gewaltsam
einzusperren, damit sie bei Oeffnung derselben mit dem Scheine
einer Entwickelung daraus hervortreten können.

Um noch das neueste System, die Philosophie des Unbewussten, zu erwähnen, so vermag auch hier das realistische
Prinzip seine kritische Aufgabe in dem früher angegebenen Sinne
zu vollziehen. Die ausserordentlichen Erfolge des betreffenden
Werkes, was in wenig Jahren so viele Auflagen erlebt hat, wie
wohl kaum je ein philosophisches Werk von solchem Umfange,
beruhen offenbar, neben dem pikanten, in den Pessimismus aus-
laufenden Abschluss desselben, auf der wesentlich realistischen
Methode und der geistreich geübten Induktion, welche es jedem
Gebildeten möglich macht, dem Verfasser bis in seine schwie-
rigsten oder feinsten Auffassungen zu folgen. Insofern könnte dies
System zu denen gezählt werden, die auf dem realistischen Princip
ruhen; indess geht der Verfasser bald zu der Hypothese des Unbewussten über, bei der er die strengen Grundsätze des Realismus
verlässt und durch Schelling verleitet, in einen Idealismus endet,
welcher sehr viele Angriffspunkte bietet. Es kann nur Einzelnes
in dieser Beziehung hier erwähnt werden.

Unzweifelhaft bestehen innerhalb der Wissenschaft der Natur
und der menschlichen Seele nach zahlreiche Probleme, für welche die
bisher gebotenen Lösungen nicht ausreichen. Dies benutzt der Verfasser, um zu zeigen, dass die hierher gehörenden Vorgänge auf
keine andere Weise erklärt werden können, als durch Annahme
einer geistigen Ursache besonderer Art. Als solche stellt er „das
Unbewusste" auf, d. h. nach seiner Erklärung: ein raum- und zeit-
loses Wesen, was zwei Attribute in sich enthält, ein unbewusstes
Vorstellen und ein unbewusstes Wollen. Dieses Wesen ist ihm
das All-Eins; es giebt in der ganzen körperlichen und geistigen
Welt nichts, was nicht Theil dieses All-Eins ist und in ihm besteht. Auch die Menschen mit ihrem bewussten Vorstellen gehören dazu; das „Bewusstsein" selbst oder das bewusste Wissen
ist seinen Bedingungen nach in dem unbewussten Vorstellen jenes
Wesens als eine spätere Stufe der Entwickelung mit enthalten.
Das Unbewusste umfasst in der Form des „Idealen" oder Vorstellens den Inhalt der ganzen Welt, noch ehe diese in das Sein
tritt; auch ist dieser Inhalt bis in alle Einzelheiten in der Totalität dieses unbewussten Vorstellens oder in seiner „Idee" enthalten und auch die zeitliche oder causale Verknüpfung dieses
Inhaltes ist noch vor seiner Existenz in der Weise der Entwickelung darin vollständig und explicite gesetzt. Vermöge dieser Entwickelung repräsentirt dieser unbewusste Vorstellungsinhalt das
„Logische" oder Vernünftige in dem Unbewussten; es besteht in

ihm ein Endziel und alles Vorhergehende dient diesem Endzweck in der vollkommensten und durchaus vernünftigen Weise als Mittel. Es kann keine bessere Welt, wenn einmal eine sein soll, geben, als diese von dem Unbewussten in seinem Vorstellen enthaltene. Als solcher, blos vorgestellter Inhalt befindet sich derselbe aber völlig in Ruhe und enthält in sich keinen Anlass für irgend eine Bewegung oder Veränderung. Diese Veränderung kommt demselben erst von dem zweiten Attribute, dem Willen. Derselbe besteht zunächst nur als Potenz; um wirkliches Wollen (*actu*) zu werden, muss er als Streben oder Wollen-Wollen sich mit einem Inhalt erfüllen und dies kann nur mittelst einer der Vorstellungen geschehen, die das erste Attribut in seinem unbewussten Wissen enthält. Das Vorstellen des Unbewussten hat als solches keine Macht dem Willen gegenüber; es muss sich passiv von dem Willen erfassen lassen. Indem der Wille sich nun mit diesem Inhalt erfüllt, wird er ein wirkliches Wollen und damit wird auch der von ihm erfasste Inhalt zu einem wirklichen oder realen gegenüber seiner bis dahin blos idealen Existenz. Erst mit dieser Thätigkeit des Willens entsteht der Raum oder die Zeit als ein Wirkliches; sie sind beide die wirklichen Formen seiner Thätigkeit. Gegenüber dem Logischen des ersten Attributs ist der Wille das Alogische oder Nicht-Vernünftige; in der Regel nennt ihn der Verfasser den „dummen Willen". Durch diese Verknüpfung von Wollen mit Vorstellen kommt so die wirkliche Welt zu Stande; das Unbewusste mit seinen beiden Attributen bleibt aber das All-Eins; es ist selbst diese Welt. Sie folgt in ihrem wirklichen Verlaufe der Entwickelung, welche innerhalb des Vorstellens des Unbewussten bereits bis in das kleinste Detail besteht; der dumme Wille kann nicht anders, als diesen gewussten Inhalt in einen zeitlich und veränderlich seienden Inhalt auseinander ziehen. Bei diesem seienden Verlauf ergiebt sich, dass der Schmerzen viel mehr in der Welt sind, als der Lust; deshalb ist diese seiende Welt, trotzdem dass sie die „bestmöglichste" ist, dennoch schlechter, wie gar keine und das Endziel der Entwickelung besteht deshalb in Vernichtung des Willens, dem die Welt ihr Sein verdankt. Mit Hülfe der Herstellung eines bewussten und damit von dem Willen unabhängigen Wissens in den Menschen und höheren Thieren kann dies dadurch erreicht werden, dass „die Majorität des in der Welt thätigen Geistes den Beschluss „fasst, das Wollen aufzuheben". Damit falle das Actu-Wollen in sein blosses Potentia-Sein zurück, die wirkliche Welt verschwindet, es bleibt blos das All-Eine mit dem Inhalt der Welt in der Wissensform und der Wille als blosse Potenz, wobei freilich keine Sicherheit besteht, dass nicht der potentielle Wille von Neuem zu dem wirklichen Wollen übergeht und dass so das Schauspiel der wirklichen seienden Welt noch einmal genau so wie in der früheren Weise sich abspielt, ja dass nicht dies unzählige Male sich wiederholt.

Was hier als das trockne und vielleicht sonderbar klingende

Resultat der Untersuchungen des Verfassers geboten ist, wird von ihm in höchst geistreicher und spannender Weise auf analytische Weise aus der Erahrung mittelst einer anscheinend sehr strengen Induktion gewonnen und indem das Unbewusste erst am Schluss sich in seiner ganzen eigenthümlichen Natur offenbart und erst hier in seiner Totalität sich bietet, bleiben die Bedenken verhüllt, welche bei der unmittelbaren Darstellung des blossen Resultates hervortreten.

Man kann zunächst fragen: Wo kommt der Inhalt in dem Vorstellen des Unbewussten her, welcher in Wahrheit schon genau derselbe ist, wie ihn die spätere wirkliche Welt bietet, so dass der Unterschied der Idee im Unbewussten von der wirklichen Welt nur in einem Unterschiede der Form liegt; dort besteht dieser Inhalt in der Wissensform, hier in der Seinsform. Die Welt ist dort schon eben so fix und fertig und in denselben für uns räthselhaften Complicationen vorhanden, wie später in der Seinsform, die der Wille ihr giebt und wo sie sich in Raum und Zeit vertheilt langsam abspielt. Auf diese Frage giebt der Verfasser keine Antwort; der Inhalt in dem unbewussten Vorstellen ist in demselben vorhanden, damit muss sich der Leser begnügen. Auch das „Logische" dieses Attributs kann hierzu nichts helfen; vielmehr ist das Logische nur eine Eigenschaft dieses Inhaltes, die nicht vor ihm selbst sein kann und aus deren formaler Natur sich auch kein Inhalt entwickeln kann.

Eine zweite Frage ist: Wie kommt es, dass der „dumme Wille", wenn er sich mit einem Inhalt aus dem Vorstellen des Unbewussten erfüllt, gerade mit dem Stücke beginnt, womit die Entwickelung in diesem Vorstellen anhebt und dass er auch in seinem Fortgange, der nun ein zeitlicher ist, sich genau an die durch die Entwickelung gebotene Reihenfolge hält, z. B. die Atome und das Unorganische eher in das Sein übersetzt, als das Organische und das bewusste Vorstellen?

In dem Willen, als dem Unvernünftigen, kann der Grund für diese vernünftige Auswahl nicht liegen; in dem ersten Attribut aber auch nicht, weil dieses dem Willen gegenüber sich durchaus passiv verhält und nicht den mindesten bestimmenden Einfluss auf seine Auswahl üben kann. Auch für diese Frage fehlt in den ersten Ausgaben des Werkes die Antwort; erst in den späteren, versucht der Verfasser sie zu bieten, indem er sagt (S. 808, 5. Ausg.): „Der Wille reisst die Idee ein- für allemal als seinen Inhalt an „sich; aber die Idee, als Erfüllung des Willens, bestimmt sich selbst „und entwickelt sich kraft ihres logischen formalen Moments." (Die gesperrten Worte sind ein späterer Zusatz.) Hier umgeht also der Verfasser die Schwierigkeit dadurch, dass er den Willen nur einmal für allemal, also nur in einem Akt die Idee, d. h. die ganze unbewusste Vorstellungsmasse des ersten Attributs an sich reissen lässt und dass dann die regelrechte Folge in der Verwirklichung dieses Inhaltes kraft des logischen Moments des ersten Attributs erfolgt. Allein dieser am Schluss des Werkes neuerlich demselben beigefügte Gedanke ist offenbar ein ganz anderer, als der, welcher in dem Werke selbst aufgestellt und auch in den spätern Ausgaben beibehalten worden ist. Danach ergreift der Wille, der durch seine Thätigkeit ein zeitlich verlaufender geworden ist, immer nur einen Theil der Vorstellungsmasse und bringt nur diesen Theil zum wirklichen Sein; es wird da, neben dem allgemeinen Mechanismus, welchen das Unbewusste sich zur Ersparung seiner Arbeit in dem System der physischen und chemischen Naturkräfte und in den Organismen geschaffen hat, auch ein direktes Eingreifen des Unbewussten überall da gesetzt, wo jener Mechanismus nicht ausreicht; dies kann offenbar nur mittelst eines erst später eintretenden Erfassens der betreffenden Vorstellung durch den Willen geschehen; ja es wird an vielen Stellen das Eintreten der Hülfe des Unbewussten, d. h. doch die Verwirklichung von der Art und Stärke des bewussten Willens im Thiere oder Menschen abhängig gemacht und insbesondere daraus das Mystische im Menschen und das Hellsehen desselben in magnetischen Zuständen abgeleitet.

Hiermit ist aber die in der späteren Ausgabe gebotene, eben erwähnte Lösung unverträglich. Nach dieser darf trotz dem, dass der Actu-Wille sich mit der ganzen Vorstellungsmasse auf einmal erfüllt, dennoch die Verwirklichung dieser ganzen Masse nicht auf einmal erfolgen; der unbewussten Vorstellungsmasse wird darin ein Einfluss auf den Willen beigelegt; er wird von ihr genöthigt, trotz dem, dass er sich schon mit der ganzen Masse angefüllt hat, sie doch nur einzeln in der causalen Folge der Entwickelung zu verwirklichen; alles Annahmen, die gegen die Grundgesetze, welche der Verfasser über die Natur beider Attribute aufgestellt hat, verstossen. S. 805 heisst es zwar: „Die „Ewigkeit der Idee ist nicht als ewige, wenn auch nur ideale „Existenz, sondern nur als ewige Präformation oder Möglichkeit „zu verstehn." Indess ist dies mit der Zeitlosigkeit des Unbewussten schwer zu vereinigen.

Ich will indess jetzt die Bedenken gegen die Hypothese des Verfassers an sich nicht weiter verfolgen, sondern wende mich zu der Frage: Was haben die Wissenschaften durch diese Hypothese, selbst wenn sie durchaus richtig ist, für jene Probleme gewonnen, zu deren Lösung der Verfasser sie aufgestellt hat? — Diese Lösung geschieht bei allen diesen Problemen ziemlich auf dieselbe Weise, nämlich in der Art, dass da, wo unsere bisherige Kenntniss der einfachen Kräfte und ihrer Substrate (Atome) sammt deren Wirksamkeit nach bestimmten Gesetzen nicht zureicht, um einen durch Sinnes- oder Selbstwahrnehmung gegebenen Vorgang zu erklären, der Verfasser das Unbewusste einschiebt, welches dann vermöge seiner Allwissenheit, Untrüglichkeit und Allgegenwart überall da mit seinem Wissen und Wollen direkt aushelfend eintritt, wo die allgemeinen, von ihm selbst zunächst eingerichteten Mechanismen und Organisationen nicht ausreichen, um seine Zwecke zu erfüllen.

So will der Mensch seinen Zeigefinger heben. Dazu gehört nach der durch die bisherige Wissenschaft gewonnenen Kenntniss vom Bau und der physiologischen Thätigkeit des menschlichen Körpers, dass die Vorstellung des Fingerhebens, die in Hirnschwingungen im Vorderhirn besteht, sich auf die Enden der motorischen Nerven des Fingers, welche in dem hinteren Theile des Gehirns liegen, überträgt, dass diese mit dem Willen verbundene Vorstellung da das Ende des richtigen Nerven trifft, in dessen Nähe noch eine grosse Anzahl anderer liegen; dass dann diese Erregung in ihrem Fortgange bis zu dem Finger sich auf mehrere andere motorische Nerven in dem richtigen Maasse vertheilt, da die Bewegung selbst keine einfache ist, und dass endlich so die betreffenden Muskeln zur Zusammenziehung, d. h. zur Erhebung des Fingers gereizt werden. Der Verfasser weist nun sehr geschickt nach, dass die bisherigen Lösungsversuche dieses Problems nicht ausreichen; aber was thut er selbst? Er nimmt das Unbewusste zu Hülfe; nach seiner Erklärung erweckt das bewusste Wollen des Fingerhebens das unbewusste Wollen jener Zwischenvorgänge und dieses erfüllt sich mit den dazu nöthigen unbewussten Vorstellungen aus der Gesammtmasse des ersten Attributs. Vermöge seiner Allwissenheit und Allweisheit bedarf dieses unbewusste Vorstellen keiner Organe, um sich über die Lage der betreffenden Nervenenden zu orientiren; es bedarf auch keiner Ueberlegung, um die zweckmässigste Art der Ausführung zu finden; Ziel und Mittel weiss es in Einem und es weiss auch ohne Organ alles, wie, wohin und wie stark der Wille zu leiten ist, damit das rechte Nervenende in der richtigen Weise getroffen und so zuletzt die Wirkung des Fingerhebens herbeigeführt wird. So kommt das Unbewusste dem nicht ausreichenden Organismus und dem nicht ausreichenden bewussten Willen direkt zu Hülfe und führt so die Wirkung herbei, welche die Wissenschaft mit ihren bisherigen Begriffen und Gesetzen abzuleiten nicht vermocht hat.

Aehnliches geschieht bei den Instinkten der Thiere und Menschen. Das Unbegreifliche dieser Instinkte liegt, wie der Verfasser richtig hervorhebt, darin, dass das bewusste Wollen des Geschöpfs zweckmässige Mittel für einen Zweck realisirt, der für es ein unbewusster ist, und dass auch der Zusammenhang dieser Mittel mit dem Zweck selbst im Allgemeinen dem Geschöpfe unbekannt ist. Auch hier hat, wie der Verfasser zeigt, die Wissenschaft das Problem noch nicht zu lösen vermocht; und auch hier bietet der Verfasser die Lösung dadurch, dass er das Unbewusste zu Hülfe nimmt. In dem Thiere besteht vermöge der All-Einheit des Unbewussten die unbewusste Vorstellung und der unbewusste Wille, sich selbst und seine Gattung durch Fortpflanzung zu erhalten. Die richtigen und besten Mittel dazu liegen in dem allweisen Vorstellen des Unbewussten vor; diese Mittel lässt das Unbewusste zu bewussten Vorstellungen werden; der unbewusste

Wille des Zwecks wird damit von selbst ein bewusstes Wollen der Mittel und damit ist der Instinkt fertig und erklärt.

In ähnlicher Weise bietet der Verfasser die Lösung für alle anderen Probleme innerhalb des Gebietes des Leiblichen und Geistigen, und es entsteht nun die Frage: Ist diese von dem Verfasser gegebene Lösung wirklich ein Fortschritt in der Erkenntniss des betreffenden Gebiets, enthält sie wirklich eine Erklärung des Vorganges?

Aller Fortschritt der Erkenntniss des Seienden, alles Erklären und Begreifen eines complizirten Vorganges auf leiblichem oder geistigem Gebiete besteht lediglich darin, dass dieser Vorgang als das Resultat mehrerer bereits bekannten, mit, oder auch gegeneinander, nach festen Gesetzen wirkenden einfachen Kräfte und deren Substrate dargelegt wird, oder dass aus einer Reihe von Erfahrungen mittelst der Analyse und Induktion ein neues einfaches Gesetz aufgefunden wird, was nunmehr in gleicher Weise zur Erklärung verwickelter Vorgänge und Resultate dienen kann. So war der Thau auf den Pflanzen lange Zeit für die Wissenschaft unbegreiflich und hätte man zu dieser Zeit die Hypothese des Verfassers schon gekannt, so würde man nicht angestanden haben, das Unbewusste zu Hülfe zu nehmen und mittelst eines direkten Eingreifens und Ergänzens des allgemeinen Mechanismus und Organismus den zum Bestande und zur Fortbildung der Pflanzen nothwendigen Thau von dem Unbewussten ebenso beschaffen zu lassen, wie das Unbewusste bei dem gegenwärtigen Stande der Wissenschaften die Instinkthandlungen der Thiere durch direktes Eingreifen beschafft, um deren Leben und Fortpflanzung zu sichern. Allein diese Hülfe würde sich sofort als eine Täuschung erwiesen haben, als man die einfachen Gesetze des Wasserdampfes und der Wärmestrahlung entdeckte. Nun bedurfte man des Unbewussten zur Erklärung des Thaues nicht mehr; der Vorgang war nun aus einfachen Naturgesetzen vollständig zu erklären und man vermochte nun auch einzusehen, weshalb bei Wind oder bedecktem Himmel der Thau ausbleibt, obgleich er da für das Bestehen der Pflanze am nothwendigsten ist und deshalb das Unbewusste auch da den Thau eigentlich beschaffen müsste, wenn der Thau wirklich in ihm seine Ursache hätte.

Ganz ähnlich, wie jetzt der Verfasser sein Unbewusstes benutzt, geschah dies früher mit der Lebenskraft. Sie war das Convolut aller der durch die damals bekannten einfachen Kräfte und Gesetze nicht erklärbaren organischen Vorgänge, umgewandelt in die Beziehungsform einer Kraft. Diese Lebenskraft entspricht genau dem Unbewussten des Verfassers, welches ebenfalls die Kraft in seinem Willen und die zweckmässige Leitung dieser Kraft in seinem vernünftigen unbewussten Vorstellen enthält. So wie nun diese Lebenskraft sofort, gleich einem Phantom, verschwand, als durch Liebig und Andere die Verdauung, der

Stoffwechsel und die thierische Wärme der Organismen auf einfache physikalische und chemische Kräfte und Gesetze zurückgeführt wurden, so düzfte es auch mit der Hypothese des Unbewussten geschehen sein, wenn man diese vor jenen Entdeckungen schon gekannt und dann sicherlich auch für die Erklärung dieser physiologischen Vorgänge benutzt gehabt hätte.

Diese Beispiele lehren, dass die Hypothese des Verfassers keine wissenschaftliche Lösung der Probleme enthält, für welche er sie aufgestellt hat. So bald als in der Wissenschaft mittelst der Beobachtung und Induktion ein neues Gesetz entdeckt wird, oder es gelingt, einem complizirten, bisher unaufgelösten Vorgang in einfache Gesetze uud Kräfte aufzulösen, bedarf es der direkten Hülfe jenes Unbewussten nicht mehr. Nur da, wo die Wissenschaft noch nicht zu den angedeuteten Elementen gelangt ist, kann sich der Schein einer in ihr gebotenen Lösung erhalten. Wenn aber mit Sicherheit der weitere Fortschritt der Wissenschaften, wie auch der Verfasser anerkennt, zu erwarten ist, so wird allmälig diese Aushülfe des Unbewussten immer entbehrlicher werden uud zuletzt sich als ein eben solches Phantom herausstellen, wie dies bereits mit der Lebenskraft und vor dieser mit den *qualitates occultae* und dem unerkennbaren Wesen der Dinge geschehen ist. In Wahrheit ist diese Hypothese des Unbewussten, statt eine Lösung der Probleme der Wissenschaft, nur ein anderer Name tür das zu Lösende selbst. Anstatt den Inhalt der Welt und die in ihm enthaltenen Complicationen der mannichfachsten Kräfte in deren einfache Elemente und Gesetze aufzulösen und damit das Verständniss dieser Complicationen zu bieteu und so zugleich dem Menschen eine wunderbare neue Macht über das Seiende zu verleihen, behält die Hypothese diese Welt in allen Complicationen ihres Inhaltes unverändert bei und bietet nur anstatt der Seiensform die Wissensform für diesen Inhalt. Dieser selbst ist in beiden genau derselbe und die Schwierigkeit der Reduktion seiner Complicationen auf einfache Elemente und Gesetze bleibt für diese Welt in der Wissensform genau dieselbe, wie bei der seienden Welt; ja sie ist da noch grösser, weil jener vorgestellte Inhalt der Welt im Unbewussten der Wahrnehmung und Beobachtung des Menschen völlig unzugänglich ist, während für die seiende Welt diese Mittel dem Menschen jederzeit zu Gebote stehen. So bleibt der Mensch trotz dieser Hypothese nach wie vor auf die Beobachtung des Seienden und auf die denkende Bearbeitung des so gewonnenen Inhaltes angewiesen, um das Ziel der Wissenschaften, d. h. die Auffindung der innerhalb der Welt bestehenden einfachsten Kräfte und Gesetze zu erreichen.

Diese Hypothese ist aber nicht blos kein Fortschritt in der Erkenntniss, sondern sogar ein Hemmschuh für dieselbe; sie wird zum Schemel für die faule Vernunft, die nur zu gern bereit ist, mit einem geheimnissvollen Namen sich abspeissen zu lassen und so die schwere Mühe der Beobachtung, der Analyse und Induktion sich zu ersparen. Was hindert den Forscher, nunmehr jeden noch unerklärten Vorgang im Sein auf das direkte Eingreifen des Unbewussten zurückzuführen? Was thut diese Hypothese anders, als mit diesem direkten Eingreifen des Unbewussten das Wunder von Neuem in die Wissenschaft einzuführen, während aller Fortschritt derselben nur dadurch erreicht worden ist, dass man mit unerbittlicher Strenge dieses Mittel von der Wissenschaft ferngehalten hat. Der Verfasser gleicht, indem er seine Hypothese dem Forscher bietet, einem Manne, der einen Andern in dem Studium eines Buchs vertieft antrifft, in welchem einzelne Sätze nicht in gewöhnlicher, sondern in einer unbekannten Chiffre-Schrift gedruckt sind. Um ihm die Mühe des Dechiffrirens zu ersparen, giebt er ihm ein anderes Buch genau desselben Inhalts, in dem für jene Sätze zwar eine andere, aber doch auch unbekannte Chiffre-Schrift angewendet ist. Nun ist es aber doch die Auffindung des Schlüssels zur Chiffre-Schrift, auf die es ankommt, und hierfür hilft das zweite Buch nicht weiter wie das erste.

Ich habe mich bis hier auf den Kern des Systems beschränkt, so verführerisch es auch ist, auf die Bedenken gegen das Einzelne einzugehen. Nur einige der wichtigeren Punkte möchte ich hier noch hervorheben.

1) Man hat bekanntlich an dem Pessimismus vielfach grossen Anstoss genommen, in den das System ausläuft; allein zunächst bleibt ja nach diesem System Alles beim Alten. So lange nicht jener Majoritätsbeschluss für Aufhebung alles Wollens erreicht ist, proklamirt das System ausdrücklich „die Bejahung des „Willens zum Leben als das vorläufig allein Richtige; nur in der „vollen Hingabe an das Leben und seine Schmerzen, nicht in „feiger persönlicher Entsagung und Zurückziehung ist etwas für „den Weltprozess zu leisten“. (S. 763). Es bleibt also bis zu diesem in weiter Ferne liegenden Zeitpunkte bei der Arbeit für die Erweiterung der Erkenntniss oder Steigerung des Bewusstseins wie bisher; es bleibt bei den die Schmerzen lindernden Trieben der Liebe und des Mitleids; es bleibt bei den sittlichen Regeln und Rechtsgesetzen, welche ja sämmtlich auf Minderung der Schmerzen und Steigerung des Wohls abzielen und so zeigt sich der bald so verschrieene, bald so gefeierte Pessimismus des Systems nur als ein in unabsehbarer Ferne liegendes Ziel. Bis dahin ist vielmehr der Optimismus oder das Streben nach Lust und Erhöhung des Bewusstseins die Pflicht des Einzelnen wie Aller; denn nur dadurch kann jenem Ziele nähergekommen werden.

2) Es ist deshalb zur Zeit auch nur eine Doktorfrage, ob die Summe der Schmerzen in der Welt die Summe ihrer Freuden überwiegt und zu jeder Zeit überwiegen wird; sie bleibt nach dem Verfasser auf Jahrtausende hinaus ohne allen praktischen Einfluss auf das Handeln der Menschen; ja selbst wenn sie gegen ihn entschieden würde, bliebe der Kern seines Systems unerschüttert; es würde nur aus einer Komödie eine Tragödie. In-

dess kann man gegen die Ausführungen des Verfassers in Bezug auf diese Frage immer und schon jetzt geltend machen, dass für die Summirung der Schmerzen, namentlich der anderer Individuen, ebenso wie für die Freunden kein nur einigermassen sicherer Maassstab besteht, um zu entscheiden, auf welcher Seite das Mehr vorhanden ist.

3) Auch erhebt sich gegen die Art, wie der Verfasser sich die Aufhebung des Willens und Vernichtung· der seienden Welt mit ihren Schmerzen denkt, das Bedenken, dass wenn dies „durch „einen Beschluss der Majorität des in der Welt thätigen Geistes, „dahin gehend, das Wollen aufzuheben" geschehen soll, er etwas sich Widersprechendes setzt. Denn in dem „Beschlusse" liegt selbst ein Wollen, und ein Wollen nicht zu wollen ist ein *contradictio in adjecto*. Zwei positive oder bestimmte Wollen können einander aufheben, wenn sie die gleichzeitige Ausführung von einander ausschliessenden Dingen verlangen; aber ein auf Aufhebung des Wollens gerichtetes Wollen bleibt immer ein Wollen, was, weil es will, sich nicht selbst vernichtet. Deshalb hat Schopenhauer mit grosser Vorsicht nur von einer „Verneinung" des Wollens gesprochen; das Verneinen hat die Macht, etwas ganz aufzuheben, aber freilich nur im Denken. Auch erscheint deshalb der Vorschlag Schopenhauer's der richtigere, wenn er nach Art der indischen Heiligen den Willen durch Nichts-Denken und Nichts-Wollen allmälich zum Erlöschen bringen will.

4) Der Name des „Unbewussten" hat für den Laien etwas Zauberhaftes und Geheimnissvolles; er lässt ein Dunkles, Unerforschtes vermuthen, in das der Verfasser den Leser einzuführen gedenkt. Nicht blos die Wissbegierigen, auch die Neugierigen eilen herbei, um die Wunderdinge mit anzuschauen. Näher betrachtet, drängt sich die Frage auf, weshalb der Verfasser überhaupt diesen Namen für sein All-Eins-Wesen gewählt hat? Dass der Wille, als etwas blos Seiendes, kein Wissen hat, also in dieser Hinsicht unbewusst, d. h. ohne Wissen genannt werden kann, wie der vor mir liegende Stein, ist klar; auch erhält der Wille bei dem Verfasser den Beinamen des bewussten und unbewussten nur durch die Vorstellung, mit der er sich erfüllt; ist diese unbewusst, so ist es auch der Wille, und ist diese bewusst, so heisst derselbe Wille bei dem Verfasser ein bewusster. Die Frage concentrirt sich also auf das erste Attribut, auf das unbewusste Vorstellen. Der Verfasser sagt selbst darüber (S. 3): „Es hat mit dem bewussten Vorstellen das gemein, dass beide „einen idealen Inhalt besitzen, der selbst keine Realität hat"; und (S. 365): „Es ist wahrscheinlich, dass in der unbewussten „Vorstellung die Dinge so vorgestellt werden, wie sie an sich „sind, nicht in der Form, wie sie dem an die Sinnlichkeit ge- „knüpften bewussten Vorstellen erscheinen." Allein dieser Unterschied träfe ja nur den Inhalt des Vorstellens; der Unterschied des Bewussten und Unbewussten liegt aber in der Art

oder Form, wie dieser Inhalt gewusst wird. Als solche Form zeigt sich nun bei dem bewussten Wissen, dass es 1) den Inhalt überhaupt in der Form des Wissens hat; 2) dass es diese Form selbst zugleich weiss, oder dass das Wissen neben seinem Inhalt zugleich sich selbst als Wissen weiss (seiner bewusst ist); 3) dass das Wissen die vielen zerstreuten und hinter einander aufgenommenen Vorstellungen zusammenfassen und vermöge der ihm einwohnenden Beziehungsformen in der mannichfachsten Weise auf einander beziehen kann, und 4) dass das Wissen trotz der Vielheit seines Inhaltes und seiner zeitlich getrennt eintretenden Vorstellungen sie doch als Eines weiss. Von diesem die Form des Wissens betreffenden Bestimmungen besitzt nun das unbewusste Vorstellen des All-Einen nach den Auseinandersetzungen des Verfassers unzweifelhaft die unter 1) 3) und 4) ebenfalls; denn die Vernünftigkeit dieses Attributs, die wesentlich als Beziehung der einzelnen Vorstellungen in der Form von Mitteln auf andere als Zwecke dargelegt wird, gehört ja zu der Bestimmung unter 3) und die All-Einheit des Unbewussten führt auch zu der Bestimmung unter 4). Aber selbst die Bestimmung zu 2) kann dem Vorstellen des Unbewussten nicht abgesprochen werden, weil ja nur dadurch das Herausheben der zweckmässigen Mittel aus der ganzen Vorstellungsmasse bei dem aushelfenden Eingreifen des Unbewussten in einzelnen Fällen möglich ist, und weil der Gegensatz des Wollens und Vorstellens in ihm ebenfalls als gewusster enthalten sein muss, da ja das Endziel, die Aufhebung des Willens durch bewusstes Vorstellen nur dadurch von ihm überhaupt vorgestellt werden kann.

In Wahrheit hat also das Vorstellen des Unbewussten alle Bestimmungen, welche das Wissen bei dem Mensahen zu einem Bewussten machen. Wenn dessenungeachtet der Verfasser so streng auf einen Unterschied beider beharrt, so hat dies offenbar andere Gründe. Sie liegen darin, dass das bewusste Wissen des Menschen, welches wir allein kennen, 1) ein in seinem Inhalte beschränktes ist; 2) dass es nur einen kleinen Inhalt auf einmal als gegenwärtiges Wissen fassen kann; 3) dass es deshalb einen zeitlichen Verlauf und Wechsel, oder eine Art von Bewegung in seinem Vorstellen hat; 4) dass es an die Funktionen leiblicher Organe, insbesondere der Hirnnerven geknüpft ist und ohne gewisse Bewegungen oder Veränderungen in der Lage der Hirnmoleküle nicht zu Stande kommen kann. Der Verfasser behandelt diesen letzteren Punkt beinahe in dem Sinne des Materialismus, so dass man schwankend wird, ob er meint, das bewusste Wissen sei nur diese Hirnfunktion, odes es sei blos durch eine Art von Causal-Nexus mit demselben verknüpft. Offenbar konnte nun der Verfasser für sein All-Eins diese Schranken nicht zulassen und so kam er auf den Namen des „Unbewussten“, obgleich es in Wahrheit ein wirkliches bewusstes Vorstellen in der eben angegebenen Weise ist und es nur dadurch sich von dem bewussten Wissen des Menschen unterscheidet, dass es 1) den ganzen Inhalt der Welt umfasst, 2) dass es diesen Inhalt nicht zerstückt und zeitlich in sich aufnimmt, 3) dass auch sein Denken und Beziehen der einzelnen Theile des Inhalts keinen zeitlichen Verlauf hat und keinem Irrthum unterworfen ist, und 4) dass es diesen ganzen Inhalt vermöge der Zeit- und Raumlosigkeit in einer noch grösseren Einheit trotz dessen unendlicher Mannichfaltigkeit besitzt.

Genau genommen rechtfertigen indess diese Unterschiede den gewählten Namen des Unbewussten nicht; es ist höchstens für den einzelnen Menschen ein Unbewusstes, d. h. seine Thätigkeit wird, während sie geschieht, nicht unmittelbar von diesem so wahrgenommen und gewusst, wie dies bei den, den Sinnen und der Selbstwahrnehmung zugänglichen Gegenständen geschieht. Offenbar ist jedoch der Name von dieser für das Individuum statthabenden Unbewusstheit entnommen; nur rechtfertigt dies nicht die Beibehaltung dieses Namens für das Wesen an sich und ohne Beziehung auf ein wahrnehmendes Subjekt, in dem es wirkt. Deshalb knüpfen sich auch an diesen Namen im gebildeten Publikum die sonderbarsten Erwartungen von dem, was diese neue Philosophie bringen wird, und gerade dieser räthselhafte Name mag dem Werke gar manchen Leser zugeführt haben. Dies in Bezug auf Kap. C. VIII.

5) hat der Verfasser die von Schopenhauer gesetzte Identität von Wille und Gefühlen in sein System mit übernommen. Allerdings konnte er sie nicht gut entbehren; allein jede unbefangene Selbstwahrnehmung wird dagegen protestiren und Aristoteles wie Descartes, Locke wie Kant setzen die Gefühle als ein spezifisch von dem Willen Verschiedenes. Der Verfasser selbst definirt die Lust als eine „Befriedigung des Willens“ und den Schmerz als das Gegentheil; allein in dem Wort Befriedigung liegt entweder schon das Gefühl der Lust als etwas dem Willen nur sich Anschliessendes; oder soll damit blos die freie, ungehemmte Entfaltung des Willens gemeint sein, so mag diese als Ursache der Lust gelten, aber die Lust selbst als die Wirkung ist dann immer von der Ursache verschieden. Auch haben schon Plato im Philebos und Aristoteles im 7. und 10. Buche der Nikomachischen Ethik verschiedene Arten der Lust erörtert, die ohne Begehren und Wollen sich einstellen. Schon dass die Gefühle nach ihren mannichfachen Unterschieden gewusst werden, zeigt, dass sie zwar seiende Zustände der Seele sind, aber keineswegs die blosse, dem Wissen unzugängliche Seinsform; dass sie vielmehr auch einen mannichfachen, in das Wissen durch Selbstwahrnehmung überzuführenden Inhalt haben, während der Wille nach dem Verfasser nur die nicht wissbare Seinsform repräsentirt; denn S. 101 sagt derselbe: „Das Ideelle ist eben „ganz genau dasselbe, wie das Reelle, nur ohne Realität; sowie „umgekehrt die Realität an den Dingen das Einzige an denselben „ist, was nicht durch das Denken geschaffen werden kann, was

„über ihren ideellen Inhalt hinausgeht." Deutlicher wird dies, wenn man, wie im Beginn meines Vortrags geschehen ist, Inhalt und Form an den Dingen und Vorstellungen unterscheidet; im Inhalte sind beide identisch, oder, wie der Verfasser hier sagt, ganz genau dasselbe; nur in der Form sind sie unterschieden; das Ding hat den Inhalt in der Seinsform, die Vorstellung in der Wissensform; das Wahrnehmen ist die Brücke, auf der dieser Inhalt aus der Seinsform in die Wissensform überfliesst. Wenn also nach dem Verfasser der Wille nur das Reale oder das ist, was den vorgestellten Inhalt in die Seinsform überführt, oder was diesen Inhelt zu einem Realen macht, so ist der Wille das Unwissbare, und die Gefühle, die einen wissbaren Inhalt haben, können also nicht dasselbe wie der Wille sein. Die Ausführungen in Kap. B. III. dürften diese Bedenken nicht beseitigen.

6) Indem die Seinsform oder das Reale an sich oder als solches nicht wissbar ist, folgt, dass es auch nicht in verschiedenen Arten zerlegt werden kann; denn dies könnte nur vermöge eines verschiedenen Inhaltes desselben möglich sein; das Sein in seiner positiven Natur ist aber dem Wissen unerreichbar. Dessenungeachtet begegnet man in dem Werke den verschiedensten Arten des Seins; das Unbewusste vor dem Eintritt des *actu*-Wollens hat ein „Uebersein"; das unbewusste Vorstellen als solches hat ein „reines Sein", der Wille vor seinem *actu*-Wollen hat ein „*potentia*-Sein"; in seinem Uebergange zum *actu*-Wollen ein leeres Sein; dann ein wirkliches Sein; auch ein latentes, ideales und reales Sein kommt vor. Es ist dies vielleicht nur ein Maugel im Sprachgebrauch; allein wenn man einmal, wie der Verfasser, zu der Erkenntniss gelangt ist, dass das Sein nur die nicht wissbare Form des Seins an den Dingen ist, und dass die Wissensform seinen konträren Gegensatz bildet, dann sollte man das Wort Sein ausschliesslich für diesen strengen Begriff der Seinsform benutzen und mit äusserster Sorgfalt jeden Gebrauch desselben für andere, wenn auch verwandte Begriffe vermeiden.

7) Ein wichtiger Punkt in dem System ist auch die darin zur Beweisführung benutzte Wahrscheinlichkeit. Ihr Begriff ist der, zur Mathematik gehörigen Rechnung des Wahrscheinlichen entlehnt. Diese Spezialwissenschaft beruht auf dem Grundsatze, dass alles Geschehen in der Welt aus Ursachen nach festen Gesetzen mit Nothwendigkeit hervorgehe. Meist ist aber ein Vorgang nicht die Wirkung einer, sondern vieler zusammenwirkenden Ursachen, und in vielen Fällen sind die Gesetze für einzelne dieser Ursachen noch unbekannt, oder das Gesetz ist zwar bekannt, aber die Ursachen selbst sind in der Stärke ihrer Wirksamkeit und in dem Verhältniss ihrer Stärke zu der anderer und zur Stärke hemmender Gegenursachen nicht zu ermitteln. So kann der natürliche Tod eines Menschen aus eiuer sehr allmälichen und verwickelten Einwirkung sehr zahlreicher Ursachen, die wieder von Gegenursachen zum Theil geschwächt werden, als

letztes Resultat hervorgehn. Nun lehrt die Beobachtung, dass bei einer erheblichen Anzahl von Menschen, die in annähernd gleichen Verhältnissen leben, die Zahl der in einem gewissen grösseren Zeitraume, z. B. in einem Jahre, sterbenden Menschen sich beinahe gleich bleibt, und dass diese Gleichheit um so genauer eintrifft, je grösser die Zahl der in die Beobachtung gezogenen lebenden Menschen ist und je gleicher ihre Lebensverhältnisse, z. B. ihr Lebensalter, ihre Lebensweise, das Land und Klima, in dem sie leben u. s. w., sind. Aus diesem sich so gleich bleibenden Verhältnisse der Zahl der lebend in den Zeitraum eingetretenen Menschen zu der Zahl der in demselben gestorbenen ergiebt sich somit die Wahrscheinlichkeit für den einzelnen Menschen, ob der Tod in diesem Zeitraum ihn treffen wird; sie wird mit einem Bruche bezeichnet, dessen Zähler die Zahl der Todten und dessen Nenner die Zahl der in dem Zeitraum lebend eingetretenen Menschen bildet. Die Wahrscheinlichkeit ist somit immer ein ächter Bruch und ihm steht die 1 als die volle Gewissheit gegenüber, welche z. B. dann sich ergiebt, wenn regelmässig alle lebend eingetretenen Menschen innerhalb des Zeitraums sämmtlich sterben. Diese Wahrscheinlichkeit und ihre Berechnung erscheint auf den ersten Blick höchst wunderbar und sie wird, näher betrachtet, nur dadurch begreiflich, dass im letzten Grunde die Zahl und Stärke der den Tod herbeiführenden und hemmenden Ursachen zwar für die einzelnen Todesfälle schwankt, aber dass diese Schwankungen sich durch die grosse Anzahl der einzelnen Fälle allmälich so kompensiren, dass die Summe der Wirksamkeit der einzelnen Ursachen für einen ganzen solchen Zeitraum sich gleich bleibt. Nur auf diese Weise ist jene beobachtete Regelmässigkeit des Resultats möglich, ja nothwendig, aus welcher die Wahrscheinlichkeit hervorgeht.

Hieraus folgt zunächst, dass da, wo gar keine Causalität für gewisse Vorgänge besteht, von Wahrscheinlichkeit nicht gesprochen werden kann. Dessenungeachtet geschieht dies vom Verfasser für die Frage, ob „das Auftauchen des Wollens aus der Potenz" (S. 798), nachdem er durch den Beschluss der Majorität des bewussten Geistes aus dem Dasein zur blossen Potenz herabgedrückt worden, nochmals zu erwarten sei. Der Verfasser setzt diese Wahrscheinlichkeit gleich $\frac{1}{2}$, weil nur zwei Möglichkeiten vorliegen, entweder dass der Wille wieder auftaucht, oder nicht. Schon diese Wahrscheinlichkeit ist unzulässig, weil dieses Auftauchen des Willens aus der Potenz in das *actu*-Wollen ein völlig freies oder causalitätsloses ist. Noch grösser ist der Irrthum, wenn der Verfasser meint, die Wahrscheinlichkeit, dass dieses Auftauchen sich n-mal wiederholen werde, sei $\frac{1}{2^n}$, gleich der Wahrscheinlichkeit, n-mal hinter einander die Kopfseite eines Geldstücks nach oben zu werfen (S. 799). Dieser Vergleich passt nicht, weil das Fallen des Geldstücks auf eine bestimmte Seite aus bestimmten Ursachen nach festen Gesetzen hervorgeht, so unter anderen aus der Art des Anfassens des Geldstücks, der Art es zu werfen, der Art, wie der Tisch, auf den es fällt, mit seiner Oberfläche die Bewegung hemmt oder unterstüuzt u. s. w. Wenngleich alle diese Ursachen und ihre Verschmelzung zu dem bestimmten Resultate unserem Wissen unerreichbar sind, so ist doch die sich gleich bleibende Zahl der Fälle, wo die Kopfseite oben liegt, für eine grosse Anzahl von Würfen nur dann möglich, wenn jene Ursachen bestehn, ihre verschiedene Wirksamkeit für den einzelnen Fall sich durch die grosse Zahl der Fälle ausgleicht und deshalb die Totalität der Fälle sich gleichsam als eine Wirkung aus der einen Totalität der sämmtlichen Ursachen darstellt. Wenn also nur bei dem Dasein der Causalität der Begriff der Wahrscheinlichkeit überhaupt möglich ist, so erhellt, dass die Formeln dieser Wahrscheinlichkeit für jenes durchaus causalitätslose Auftauchen des Willens aus seiner Potenz nicht anwendbar sind. Hier ist der eine Fall so wahrscheinlich wie der andere, oder vielmehr es gilt hier überhaupt keine Wahrscheinlichkeit, sondern nur der reine Zufall, und es ist deshalb auch gleichgültig, ob schon viele od r wenige Fälle solchen Auftauchens vorhergegangen sind.

Ganz dasselbe gilt für die erkenntniss-theoretischen Prinzipien der verschiedenen Systeme der Philosophie. Auch hier spricht der Verfasser von einer mehr oder weniger grossen Wahrscheinlichkeit derselben und des aus ihnen Abgeleiteten, wenn er auch nicht gerade diese Wahrscheinlichkeit in bestimmten Zahlverhältnissen angiebt. Da diese Priuzipien für ein bestimmtes, darauf gestütztes System das Höchste und Erste sind, auf welches das System erst alle seine Beweise stützen kann, so kann dieses höchste Prinzip selbst von dem System nicht bewiesen werden; es fehlen dafür die Gründe ebenso, wie bei jenem causalitätslosen Auftauchen des Willens die Ursachen, und es bleibt deshalb der Begriff der Wahrscheinlichkeit für die erkenntniss-theoretischen Prinzipien ebenso unanwendbar, wie für jenen Vorgang des Willens.

Aber auch innerhalb eines bestimmten philosophischen Systems ist es bedenklich, die Wahrscheinlichkeitsrechnung in der Weise zu benutzen, wie es von dem Verfasser in Kap. II der Einleitung geschieht. Alles, was aus dem erkenntniss-theoretischen Prinzip seiner Vorschrift gemäss in einem Systeme abgeleitet wird, seien es bejahende oder verneinende Sätze, hat an der Wahrheit des Prinzips genau denselben Antheil, wie das Prinzip selbst; alles dagegen, was in dieser Weise daraus weder abgeleitet, noch widerlegt werden kann, ist für dieses System weder wahr noch falsch; es liegt ausserhalb des Gebietes, was von seinem Prinzip bestimmt wird; es ist für es ein Grundloses und fällt deshalb, gleich dem Ursachelosen, nicht unter den Begriff des Wahrscheinlichen. Demgemäss hat auch keines der bisherigen bedeutenderen Systeme von diesem Begriffe für den aus seinem Prinzip abgeleiteten Inhalt einen Gebrauch gemacht; weder Plato spricht von einer Wahrscheinlichkeit seiner Ideen, noch Aristoteles von einer Wahrscheinlichkeit seines Satzes, dass die Form (εἶδος) das allein Seiende ist; weder bei Spinoza, noch bei Leibniz, noch bei Kant, noch bei Hegel findet sich dieser Begriff auf den eigentlichen Inhalt ihrer Systeme angewendet.

Etwas Anderes ist es, wenn das System als ein aus der menschlichen Thätigkeit des Beobachtens und Denkens hervorgegangenes Werk aufgefasst wird. Die hier wirksamen Thätigkeiten zerfallen dann in verschiedene Arten, bei denen eine verschiedene Stärke bestehen kann, und ebenso besteht in den Gefühlen und Vorurtheilen jedes Menschen eine Anzahl hemmender Kräfte, welche jenen entgegentreten und sie auf Abwege zu führen streben, so dass das Werk nicht mit Gewissheit als das reine Resultat seines obersten Prinzips sich entwickeln kann. Bei einer solchen Auflösung eines Systems in einen zeitlichen Vorgang und in eine Wirkung mannichfach fördernder und hemmender Ursachen hat allerdings die Wahrscheinlichkeit ihren Platz; in diesem Sinne ist bekanntlich auch die Wahrscheinlichkeit, ob ein Richtercollegium ein richtiges Urtheil fällen werde, ob ein Brief mit oder ohne Adresse in den Briefkasten gelegt werde, schon Gegenstand der Berechnung geworden und in diesem Sinne könnte man auch von der Wahrscheinlichkeit eines philosophischen Satzes sprechen; allein diese ganze Auffassung fällt ausserhalb des philosophischen Systems selbst und sogar in diesem Sinne ist die Wahrscheinlichkeit hier nicht zu berechnen, da es an der genügenden Anzahl ähnlicher Fälle hier fehlt, wo aus der Zahl der falschen und der Zahl der richtigen die Grösse der Wahrscheinlichkeit bestimmt werden könnte.

Abgesehen von diesen Bedenken scheint auch die Art unrichtig, wie der Verfasser die Wahrscheinlichkeitsrechnung hier für die Frage benutzt, ob ein Vorgang mit grösserer Wahrscheinlichkeit auf materielle oder geistige Ursachen zurückzuführen sei. Indem er nur den ersten Fall berechnet und dabei die wirkenden materiellen Ursachen in mehrere von einander unabhängige zerlegt, deren gemeinsames Zusammentreffen dadurch natürlich viel unwahrscheinlicher wird, als das Eintreten einer einzelnen derselben, gelangt er mit leichter Mühe dahin, die Wahrscheinlichkeit, dass der Vorgang aus materiellen Ursachen entstanden, tief unter die Hälfte herabzudrücken und somit die geistige Ursache beinahe zur Gewissheit zu erheben. Allein dasselbe Verfahren kann gegen ihn gekehrt werden, wenn man umgekehrt mit der geistigen Ursache beginnt. So kann man z. B. nach der Wahrscheinlichkeit fragen, ob ein gebautes Haus auf materielle oder auf geistige Ursachen zurückzuführen sei? Nun würde im letzteren Falle dazu gehören 1) dass der Erbauer des Hauses die Vorstellung dieses Hauses in seiner Bestimmtheit gehabt habe; 2) dass ihm der Besitz eines solchen Hauses als etwas Nützliches oder Angenehmes erschienen sei; 3) dass der Wille in genügender Stärke zur Ausführung in ihm sich eingestellt habe; 4) dass die mit dieser Ausführung verbundene Mühe und Sorge ihm nicht so gross erschienen sei, um den Willen zum Bauen niederzuhalten u. s. w. Alle diese Umstände sind geistiger Natur und von einander mindestens eben so unabhängig, wie die materiellen Umstände in den vom Verfasser benutzten Beispielen. Wenn man also auch die Wahrscheinlichkeit für jede einzelne dieser geistigen Bedingungen sehr hoch, z. B. zu $\frac{1}{2}$ setzt, so würde das gemeinsame Zusammentreffen dieser vier Bedingungen doch nur eine Wahrscheinlichkeit von $\frac{1}{2^4}$, d. h. von $\frac{1}{16}$, haben und folgeweise wäre die Wahrscheinlichkeit, dass das Haus lediglich durch materielle Umstände verursacht worden, gleich $\frac{15}{16}$ oder nahezu gewiss. Dieses Beispiel wird genügen, um die völlige Unzulässigkeit dieser Berechnungsweise darzulegen. Die Berechnung der Wahrscheinlichkeit ist immer nur für solche Fälle anwendbar, die sämmtlich unter der Einwirkung derselben Ursachen stehen, und wo nur die Natur oder die Stärke dieser fördernden und hemmenden Ursuchen mehr oder weniger unbekannt ist. Man kann also nicht Fälle darunter stellen, deren Ursachen völlig von einander verschieden sind, und wo selbst dann, wenn man in der Causalreihe noch weiter zurückgeht, man auf keine gemeinsamen entfernteren Ursachen trifft.

Diese hier zur Probe geübte Kritik gegen die Philosophie des Unbewussten ist ausführlicher geworden, als mein Thema mit sich bringt; indess mag die Meisterschaft, mit der dieses System aufgebaut und seine Schwächen verdeckt sind und die grosse Bedeutung mich entschuldigen, welche es sich bereits in dem gelehrten und gebildeten Publikum errungen hat.

Ich kehre zu meiner eigentlichen Aufgabe zurück. Man könnte neuntens dem realistischen Prinzip vielleicht entgegenhalten, dass damit nicht über den Inhalt der besonderen Wissenschaften hinaus zu kommen sei, während es doch gerade die Aufgabe der Philosophie sei, über diese sich zu erheben und hinter dem wechselnden Spiel der wahrgenommenen Welt das Ewige und Unveränderliche zu entschleiern. Hier ist zunächst zuzugeben, dass die realistische Philosophie in weit näherer Verbindung mit den besonderen Wissenschaften bleibt und ihnen eine weit grössere Wahrheit zugesteht, als im Idealismus zu geschehen pflegt; allein vielleicht dürfte es gerade das Unglück des letzteren sein, dass er durch sein Prinzip eine Kluft zwischen sich und den besonderen Wissenschaften aufreisst, welche nur durch eine Inconsequenz von ihm überbrückt werden kann. Ohne nämlich aus dem Inhalte der besonderen Wissenschaften sich zu nähren, bleibt er zu einer Monotonie verurtheilt, die immer dasselbe Schema wiederholt und die Leere an Inhalt nur durch die Dunkelheit der Darstellung verdeckt. Will der Idealismus als Real-Idealismus oder Ideal-Realismus sich diese Nahrung aus den besonderen Wissenschaften holen, aber dabei doch die Hegel'sche Methode der Entwickelung nicht fallen lassen, so müssen solche entgegengesetzte Erkenntniss-Prinzipien nothwendig in Conflikt gerathen; es bleibt dann nichts übrig, als diese Conflikte entweder zu verhüllen oder willkürlich bald diesem, bald jenem Prinzip die Oberhand zu lassen, um weder die Erfahrungswissenschaften zu stark vor den Kopf zu stossen, noch das idealistische Prinzip zu sehr in die Klemme zu bringen.

Es ist allerdings für einen genialen Kopf verführerisch, über diese gemeine wahrnehmbare Wirklichkeit, die jedem Bauer und Bettler offen steht, sich zu erheben, sie als das Seiende zu verleugnen und hinter ihr den Bau des wahrhaft Seienden zu errichten; die Phantasie kann sich da in den Dienst der Wünsche und Gefühle begeben; es schmeichelt der Eitelkeit, als der Baumeister eines so wunderbaren Werkes dazustehen, was das Publikum anstaunt. Auch die Arbeit ist hier weit bequemer, denn man braucht sich nicht zu sorgen, dass diese luftigen Gebilde an den harten Ecken der Erfahrungswelt zerbrechen könnten; man kann hier beliebig nachhelfen, ohne dass das Gebrechliche des Ganzen bemerkt wird; aber dennoch bleibt Dergleichen nur ein Spiel des verbindenden Denkens und jeder Nachfolger bläst das Kartenhaus um, freilich nur um mit frischem Muthe ein neues, nicht minder gebrechliches zu bauen.

Es ist sicherlich gestattet, auch in der Philosophie, wie in den besonderen Wissenschaften, Hypothesen zur Erklärung von noch ungelösten Fragen zu benutzen; in genialen Menschen brechen oft hier und da plötzlich Conceptionen hervor, die, mögen sie in einem Unbewussten ihre Quelle haben oder nicht, eine neue Wahrheit bieten, nach der man vielleicht seit Jahrhunderten gesucht hat. Auch der Realismus erkennt dies an; allein er begnügt sich nicht blos mit der Genialität; er beruhigt sich nicht bei der dunklen und widerspruchsvollen Fassung, in welcher der neue Gedanke bei seiner Geburt geboten wird, sondern er verlangt, dass er zur Klarheit und Bestimmtheit durchgearbeitet, aus den Widersprüchen befreit werde, und vor Allem, dass er durch seine bis in die Erfahrungswelt reichenden Consequenzen mit ihr in Uebereinstimmung sich zu setzen und für ungelöste Fragen die Lösung in wissenschaftlicher Weise zu bieten vermöge. Dies ist die philosophische Probe solcher genialen Hypothesen und Methoden, soweit der einfachere Weg der Beobachtung, der Versuche und der Rechnung, welchen die besonderen Wissenschaften benutzen, in diesen Höhen versagt ist. Was sich bei dieser Probe nicht bewährt, das mag als ein unterhaltendes Spiel gelten, aber nicht als die Wahrheit, noch als ein Weg zu ihr.

Beinahe alle grossen Philosophen sind in solche Ueberschwenglichkeiten gerathen; Plato mit seiner Ideenwelt; Aristoteles mit seiner Götterlehre in der Metaphysik; die Stoiker mit der Leugnung des Unterschiedes der Tugend von der Lust; die Skeptiker mit der Leugnung der Möglichkeit, die Wahrheit zu erreichen; die Scholastiker mit ihren Versuchen, die Mysterien der christlichen Religion mit der Philosophie in Uebereinstimmung zu setzen; Descartes mit seinem Zweifel an Allem; Spinoza mit seiner *causa sui* und der Einheit von Denken und Ausdehnung; Leibnitz mit seiner prästabilirten Harmonie zwischen Wissen und Sein; Kant mit seiner Umwandlung des wahrnehmbaren Seienden in subjektive Erscheinungen; Fichte mit seinem Subjekt-Objekt; Schelling mit seiner intellektuellen Anschauung; Hegel mit seinem Prinzip der dialektischen Entwickelung. Kein Philosoph mag natürlich nach solchen Vorgängern heut zu Tage davon ablassen, den soliden Bau, welchen ihm die besonderen Wissenschaften bieten, mit einer Krone von Schaumgold zu schmücken; nur diese soll als das Wesen gelten, während er selbt dabei in dem festen Unterbau ruhig wohnen bleibt und hier die Hülfe für alle Nothdurft des Lebens zu suchen kein Bedenken trägt. Leider kann der Realismus solchen Richtungen nicht folgen; er meint, es sei auch in dem steinernen Unterbau noch genug Arbeit für den Philosophen vorhanden: er ist auch bereit, den Bau höher zu führen, aber nur nicht mit Schaumgold, sondern mit Quadern, deren Solidität bereits erprobt ist, und in möglichster Harmonie mit dem Unterbau, der von den besonderen Wissenschaften bereits errichtet worden. Vor Allem weist der Realismus bei seiner Arbeit die Hülfe des verbindenden und phantastischen Denkens oder der im Dienste der Gefühle stehenden Phantasie zurück. Diese Schmeichlerin ruft bald die Gefühle der Lust, bald die sittlichen und die idealen Gefühle des Schönen zu Hülfe; sie sollen als die echten Prüfsteine und die sicherste Bestätigung der Wahrheit gelten. Es ist vielmehr das wesentliche Kennzeichen des realistischen Philosophen, dass er diesen Gefühlen alle Einwirkung auf seine Forschungen versagt, selbst auf die Gefahr hin, seine Resultate als prosaisch und langweilig verschrieen zu hören.

Der Realismus in seiner heutigen Gestalt ist endlich **zehntens** nichts Nagelneues, keine Minerva, die aus dem Haupte eines kleinen Jupiter fix und fertig herausgesprungen ist, sondern sein Erkenntnissprinzip hat von jeher in der Welt gegolten, wenn auch die strenge und bewusste Einhaltung desselben erst am Ende des Mittelalters hervorgetreten ist. Baco, Locke, Hume, die französischen Encyclopädisten, selbst der moderne Materialismus haben an seiner Fortbildung gearbeitet. Das Beispiel der neueren Naturwissenschaft welche mit ihren Mitteln der Beobachtung und der induktiven Methode so grosse Erfolge erreicht hat, hat den Realismus in seinen Ueberzeugungen gestärkt, und das Neue, was in letzter Zeit in ihm hinzugekommen, ist nur die eingehende Untersuchung der Beziehungsformen und Wissensarten, wodurch erst das Prinzip desselben seine Vollständigkeit und die Fähigkeit erhält, das A-priori auf seine wahre Bedeutung zurückzuführen und durch dessen Verbindungen mit dem A-posteriori sich nicht irreführen zu lassen, noch eines mit dem anderen zu vermengen. Damit hat der Realismus zugleich gezeigt, dass er das Denken bis in seine höchsten Spitzen und bis in seine engsten Verschmelzungen zu verfolgen vermag, und dass kein Vorwurf gegen ihn weniger begründet ist, als der, welchen Hegel dem Empirismus macht, nämlich „dass er die Kategorien und deren „Verbindungen auf eine völlig unkritische und bewusstlose Weise „gebrauche".

Wenn man will, kann der neuere Realismus sogar als eine Fortbildung der Lehre Hegel's gelten. Alle grossen Gedanken dieses bedeutenden Mannes, wie der von der Identität des Seins und des Wissens, von der objektiven Natur der Begriffe, von der Hohlheit der alten Metaphysik, von der Bedeutung des Sittlichen („Gerechtigkeit und Tugend, Unrecht und Laster," sagt Hegel in seiner Encyclopädie § 345, „haben in der Sphäre der bewussten „Wirklichkeit ihren Werth und finden darin ihr Urtheil; aber „die Weltgeschichte fällt ausser diesen Gesichtspunkten; in ihr „erhält dasjenige Moment der Idee des Weltgeistes, welches „gegenwärtig seine Stufe ist, sein absolutes Recht") und viele andere Aussprüche Hegel's sind von dem Realismus nicht abgewiesen, sondern aufgenommen, aber auch weitergebildet worden, indem er mit Hülfe seines eigenen Prinzips die dunkle und widerspruchsvolle Fassung dieser Gedanken beseitigte, das Gemisch von Wahrem und Falschem darin schied und so erst diese grossen Gedanken zur vollen Wahrheit in einer klaren widerspruchsfreien Fassung emporhob.

Ich schliesse mit dem Wunsche, dass diese Darstellung des dem Realismus zu Grunde liegenden Prinzips dazu beitragen möge, seine Anhänger zu vermehren und die mancherlei Missverständnisse, welche über ihn noch bestehen, zu beseitigen. Nur bei Einhaltung dieses Prinzips wird es den deutschen Philosophen möglich werden, aus ihrer Isolirung und dem Kreis weniger Eingeweihten und Nachbeter herauszutreten und in einen lebendigen Verkehr nicht allein mit dem gebildeten Publikum, sondern auch mit den Philosophen der anderen Kulturländer zu treten; eine Verbindung, welche beiden Theilen nur zum Segen gereichen kann.

Nachschrift. Als der Druck dieses Vortrages beinahe beendet war, erhielt ich durch die Güte des Herrn Dr. E. von Hartmann dessen neueste Schrift: Kritische Grundlegung des transcendentalen Realismus. Da sie dasselbe Thema, wie der obige Vortrag, behandelt, so füge ich hier einen kurzen Auszug mit einigen kritischen Bemerkungen bei, indem das volle Verständniss der betreffenden Fragen dadurch nur gewinnen kann.

Herr von Hartmann unterscheidet drei erkenntniss-theoretische Standpunkte: 1) den des naiven Realismus, 2) den des Idealismus und 3) den des transscendentalen Realismus, welchem letzteren er selbst huldigt. Der naive Realismus ist nach ihm der Standpunkt des gewöhnlichen Vorstellens; dies bildet sich ein, „dass es die wirklichen Dinge seien, die es sich vorstelle"; es schreibt „dem Bewusstseinsinhalt unmittelbar eine transscendentale Realität" zu. Der Idealismus dagegen „leugnet die transscendentale Bedeutung der Denk- und Anschauungsformen". Der transscendentale Realismus behauptet eine solche; „er misst dem Bewusstseinsinhalt durch Vermittelung der gedank-„lichen Beziehung auf ein Transscendentes nur eine indirekte „realistische Bedeutung bei und findet so darin Aufschlüsse über „die Dinge an sich".

Indem der Verfasser den naiven Realismus wegen „seiner Confusion des Bewusstseinsinhaltes mit den Dingen an sich" keiner weiteren Widerlegung für werth erachtet, beschäftigt er sich zunächst mit der Prüfung und Widerlegung des Idealismus, die vorzüglich darauf gestützt wird, dass bei denselben eine Causalität zwischen den zeitlich einander sich folgenden Vorstellungen nicht nachgewiesen werden könne und deshalb der consequente Idealismus in absolutem Illusionismus enden müsse. So bleibt nur der transscendentale Realismus als der allein annehmbare Standpunkt. Die Vorstellungen gelten diesem nicht als die Dinge selbst, sie sind ihm vielmehr nur „Repräsentanten einer an sich seienden Ursache". Dass solche transscendente Ursachen ausserhalb des Vorstellens bestehen, leitet der Verfasser aus der „realen Relation zwischen beiden" ab und diese liegt in dem „Affizirtwerden der Sinnlichkeit" bei dem Wahrnehmen; die in dieser enthaltene „sinnliche Empfindung" kann nicht wieder aus Vorstellungen abgeleitet werden, es kann also die Ursache dieses Affizirtwerdens oder das „Affizirende" nur in einem Dinge ausserhalb der Vorstellungen gesucht werden.

Nachdem so das transscendente Ding begründet worden, weist der Verfasser nach, wie aus dieser unmittelbar uns gegebenen Wirksamkeit dieses Dinges weiter folge, dass es existirt, dass es unabhängig vom Vorstellen besteht, dass es in seinem Dasein nicht unterbrochen, und dass es numerisch identisch ist.

Es tritt nun aber die Frage auf, wie weit das Ding auch in den übrigen Bestimmungen seiner Vorstellung entspreche, oder: Wie weit die Uebereinstimmung zwischen beiden gehe? Kant hatte bekanntlich es für unzulässig erklärt, die Denkformen oder Kategorien auf das von ihm ebenfalls anerkannte Ding-an-sich anzuwenden und noch weniger will er es zulassen, dass die räumlichen und zeitlichen Eigenschaften, wie Grösse, Gestalt, Dauer u. s. w. in den Dingen-an-sich bestehen. Auch verstand es sich bei Kant von selbst, dass die qualitativen Eigenschaften der Farben, Töne u. s. w. blos subjektive Vorstellungen seien, nachdem bereits Descartes und Locke dies behauptet hatten und die Naturwissenschaft ihnen beigetreten war. So blieb für das Kant'sche Ding-an-sich das blosse reine Sein.

Dem kann nun der Verfasser nicht beitreten. Er sucht auszuführen, dass in den (transscendenten) Dingen alle realen Kategorien Kant's vertreten sind: die Einheit, die Vielheit, die Realität, die Subsistenz, die Causalität, das Dasein und die Nothwendigkeit. Er stützt dies auf „eine Art Conformitätssystem der reinen Vernunft" und „auf der allgemeinen Herrschaft der „nehmlichen logischen Gesetze der schöpferischen Vernunft auf „allen Gebieten des Daseins". Allerdings, sagt der Verfasser, werden die Objecte in den Vorstellungen von der Seele mittelst der in ihr *a priori* vorhandenen Denkformen aus der Empfindung (dem Affizirtsein) formirt, aber nach ihm beruht die Uebereinstimmung dieser so construirten Objekte mit den Dingen, d. h. die Wahrheit der vorgestellten Objekte (in meiner Sprache: die Wahrheit des Wahrnehmungsinhaltes) hinsichtlich ihrer synthetischen Formen darauf, dass die Dinge in denselben logischen Formen existiren, wie sie in den Objekten gedacht werden.

Damit aber der Empfindung nicht willkürlich irgend welche Kategorien von dem Denken aus seinem Vorrathe übergezogen werden, „müssen die gegebenen Anschauungen in sich selbst „bereits gewisse Merkmale tragen, welche die Anwendung be-„stimmter Kategorien logisch erfordern". Diese Kategorien sind „als unbewusste logische Formen *a priori*" im Denken; als bewusste aber nur *a posteriori*. Sie werden als solche durch Abstraction aus der Erfahrung gewonnen; dies ist aber, fährt der Verfasser fort, um so schwerer, „je weniger vermittelt die Formirung des Objektes geschieht"; deshalb ist es schon bedeutend schwerer bei der Kategorie der Causalität, „ganz unmöglich ist es „aber, in die ursprünglichste aller unbewussten synthetischen Funk-„tionen mit dem Lichte des Bewusstseins einzudringen, nämlich in „die extensive (flächenhafte) Entfaltung der zunächst rein intensiv „und qualitativ gegebenen Gesichts- und Tastempfindungen." — „Es „ist unmöglich," sagt der Verfasser, „dass der Raum durch den gege-„benen Stoff der Empfindung von aussen hineinkommt; aber die „Empfindung muss in ihren Elementen Merkmale bei sich führen, „welche die Seele gleichsam auffordern, nicht blos eine Extension

„überhaupt, sondern auch eine concrete räumliche Gestalt hinzu-
„zufügen. Diese Merkmale, als in der Empfindung gelegen, sind
„nothwendig unräumlicher Natur, können also nur die Seele zur
„Raumsetzung in einer gewissen Art anregen." — „Doch nöthi-
„gen die vielen gleichzeitigen Dinge zur Annahme eines trans-
„scendenten Analogons des von uns vorgestellten Raumes; ins-
„besondere zu einem Analogon der Bewegung, und daraus folgt,
„dass auch dieses Analogon die Continuität und höchst wahr-
„scheinlich auch die drei Dimensionen hat. — Die Dinge an sich
„sind ja nur realisirte Intuitionen der unbewussten Vernunft;
„diese ist es, welche in unbewusster Weise die Sinnesempfindung
„nach Maassgabe der in ihr gegebenen Merkmale zur räumlichen
„Anschauung formirt; es liegt deshalb der Gedanke nahe, dass
„sie sich sowohl für die Dinge an sich, wie für deren Anschau-
„ung derselben Intuitionsform bedienen werde; denn *simplex*
„*sigillum veri; principia non sunt multiplicanda praeter necessi-*
„*tatem.* Von der Weisheit der Natur lässt es sich nicht anders
„erwarten. Ohnedem wäre unser Fürwahrhalten eine Illusion und
„eine unerhörte Prellerei der Natur. Die Erkenntnisstheorie für
„sich allein kann mit diesem Entweder - Oder nicht entschieden
„werden; nur eine Metaphysik, welche das Walten der Vernunft
„in allen Sphären des Daseins aufzeigt und den Kosmos als das
„teleologische Produkt einer logisch sich selbst bestimmenden
„Idee nachweist, kann es objektiv zum höchsten Grade der Wahr-
„scheinlichkeit erheben, dass eine solche Erfahrung und Erkennt-
„niss, welche zu solchen harmonischen Ergebnissen führt, keine
„blosse Prellerei der Verstandeseinrichtung, sondern selbst ein
„teleologisches Produkt weise waltender Vernunft ist. (Ist dies
nicht eine Zuhülfenahme wissenschaftlicher Gefühle?) — Eine
„absolute Gewissheit wird zwar auch so nicht erreicht, aber das
„Gegentheil hat nur einen äusserst geringen Wahrscheinlichkeits-
„werth."

Indem ich hiermit den Kern der Schrift herausgehoben zu
haben glaube, muss ich auch bei der Kritik mich hier nur auf
das Wesentlichste beschränken.

Es kann zunächst nicht zugegeben werden, dass der naive
Realismus, wie ihn der Verfasser nennt, seine Wahrnehmung
mit dem Gegenstande confundirt und beide für identisch nimmt.
Der einfachste Mann weiss, dass der Baum in seinem Kopfe
nicht der vor ihm auf der Wiese stehende Baum ist; aber wohl
hält er den Inhalt seiner Wahrnehmung mit dem Inhalt des
wahrgenommenen Gegenstandes für identisch, während doch die
Wahrnehmung durch die Wissens- und der Baum durch die
Seinsform, in welcher sie denselben Inhalt umfassen, für ewig
von einander verschieden bleiben. Das gewöhnliche Vorstellen
kennt zwar diese Unterschiede nicht in ihrer reinen begrifflichen
Form, aber es verfährt danach in seinem Denken und Urtheilen.
Da es den Menschen in der Regel nur auf die Dinge selbst und

nicht auf den Weg ankommt, durch den er von ihnen weiss, so handelt er ganz vernünftig, wenn er diese Reflexion und den Unterschied beider im täglichen Leben und Arbeiten sich nicht immer gegenwärtig hält; aber wo es darauf ankommt, wie bei der Selbstbetrachtung seiner eigenen Seelenzustände, kann er sehr wohl diese Unterscheidung zwischen Gegenstand und Wahrnehmungsinhalt (Objekt im Sinne des Verfassers) vornehmen. Gerade diese naive Behandlung der Dinge zeigt, wie allgemein die Ueberzeugung von der Identität des Inhaltes der Sache mit dem Inhalte der Vorstellung besteht, und bestätigt die in meinem Vortrage entwickelten Ansichten. Der naive Realismus hätte deshalb wohl nicht so wegwerfend behandelt werden sollen, wie es der Verfasser gethan.

Bei dem Idealismus beschränkt sich derselbe auf die Prüfung des sogenannten subjektiven Idealismus, welcher neben den Vorstellungen überhaupt kein Seiendes ausserhalb derselben anerkennt. Den absoluten Idealismus Schelling's und Hegel's hat er bei Seite geschoben; indess ist oben (S. 11) gezeigt worden, dass er richtig verstanden, in dem Satze von der Identität des Inhaltes im Seienden und Gewussten mit dem naiven Realismus genau übereinstimmt.

Was nun den transscendenten Realismus des Verfassers anlangt, so muss man den Inhalt desselben von seiner Begründung sondern. Bei ersterem gelangt der Verfasser nur dahin, dass das Ding mit dessen Vorstellungsinhalte eine Aehnlichkeit habe, während der von mir dargelegte Realismus die volle Uebereinstimmung und Gleichheit des Inhaltes beider behauptet. Die Gründe, aus denen der Verfasser diese Aehnlichkeit ableitet, hätten ihn eben so gut auch zu der Gleichheit führen können; er war daran nur deshalb gehindert, weil 1) nach ihm das Unbewusste oder das All-Eins raum- und zeitlos ist und die Räumlichkeit und Zeitlichkeit, wenn sie auch der Thätigkeit des Unbewussten als ein Wirkliches anhaftet, doch nur zu den Formen der Erscheinung des All-Eins gehört und sein Wesen nicht berührt; 2) weil die moderne Naturwissenschaft, welcher der Verfasser unbedingt vertraut, die qualitativen Eigenschaften der Dinge für eine subjektive Zuthat der Seele erklärt, bei der sie durch die Unterschiede der allein realen Atomschwingungen zur bestimmten Auswahl dieser Eigenschaften für das konkrete Ding genöthigt wird.

So war der Verfasser zu einer Unterscheidung genöthigt; die logischen Kategorien konnte er mit Hülfe des schon oben erörterten direkten Eingreifens des „Unbewussten" oder der „reinen Vernunft" für das Ding wie für den Vorstellungsinhalt als identisch setzen; aber bei den räumlichen Bestimmungen schien ihm ein Uebertragen derselben von aussen in das Vorstellen durch das Unbewusste nicht thunlich; so blieb ihm nur übrig, „ein transscendentes Analogon des wahrgenommenen Raumes" zu postuliren. Indess muss auch hier „das Unbewusste" nach den in der Empfindung mit überlieferten Merkmalen jenes Analogons die der unräumlichen Empfindung zukommende konkrete räumliche Gestaltung fertig machen, bevor die bewusste Anschauung in dem wahrnehmenden Menschen eintritt. Man sieht hier eigentlich nicht ab, wozu solche Merkmale und Umstände noch nothwendig sind, wenn das allwissende und allgegenwärtige „Unbewusste" es ist, welches, ohne dass der Mensch es weiss, in dessen Seele die Anschauung mit der zugehörigen Räumlichkeit erst fertig macht, bevor das Bewusstsein des Menschen hinzutritt. Nur wenn der Mensch selbst dies thun müsste, wären solche Merkmale nöthig, aber für das allwissende „Unbewusste" scheint dies eine ganz überflüssige Vermittelung. Freilich ist es schwer vorzustellen, wie diese Merkmale beschaffen sein müssten, um den Menschen zu einer bestimmten räumlichen Gestaltung seiner Empfindung zu nöthigen, wenn „die Räumlichkeit überhaupt nun von Aussen in die Vorstellung hineinkommen kann". Diese Unbegreiflichkeit wird auch dadurch nicht gemindert, dass der Verfasser für sein Analogon des Raumes die Continuität und die drei Dimensionen gleich denen des vorgestellten Raumes in Anspruch nimmt.

Was nun die qualitativen Empfindungen anlangt, so steht dem Verfasser für deren rein subjektive Natur allerdings die Lehre der modernen Naturwissenschaft zur Seite, indess lassen sich doch von der höchsten Wissenschaft, der Philosophie aus gar manche Bedenken dagegen, wie gegen die ganze atomistische Auffassung der Natur, erheben, die auch dann bleiben, wenn man die Atome mit dem Verfasser nur als Kraft- oder Bewegungs-Centren gelten lässt. Was ist diese Lehre anders, als eine blosse Verschiebung der Frage? Die Vorstellungen der Qualitäten sind doch nach dem Verfasser, wie nach der Naturwissenschaft auch ein Sciendes, nur dass es nicht ausserhalb, sondern innerhalb der Seele besteht. Was hilft es da, diese Qualitäten aus der Aussenwelt zu entfernen und in die Seele zu verlegen; das Räthsel ihrer Natur bleibt damit ungelöst; ja an diesem Orte ist es noch unbegreiflicher, wie bei der rein geistigen Natur der Seele sciende Atomschwingungen Vorstellungen von Farben und Tönen in ihr zur Folge haben können. Diese Bewegungsformen erleiden schon in den Nerven und deren Fortgang zum Gehirn so grosse Modificationen, dass eine so genaue Causalität zwischen diesen Schwingungen und deren Farben und Tönen selbst viel schwerer begreiflich ist, als wenn die Entstehung dieser Qualitäten durch oder mit diesen Schwingungen schon in der Aussenwelt vor sich geht, wo wenigstens den feinsten Modificationen der Bewegung noch die volle Bestimmtheit bewahrt bleiben kann.

Man kann es der Naturwissenschaft verzeihen, dass sie sich begnügt, diese Qualitäten aus ihrem Gebiete zu beseitigen und ihnen Bewegungen zu substituiren, mit denen sie rechnen kann und die als Grössen den Lehrsätzen der Geometrie unterworfen sind; aber die Philosophie, als die reine und höchste, Alles befassende Wissenschaft kann sich offenbar mit dieser blossen Verschiebung der Frage nicht zufrieden geben und nur die lange Gewöhnung an die naturwissenschaftliche Auffassung macht es erklärlich, dass auch die neueste Philosophie trotz ihrer viel umfassendern Aufgabe diese blosse Verschiebung der Frage für eine Lösung nimmt.

Es soll und kann hier eine andere erschöpfende Lösung nicht geboten werden; nur so viel, dass nichts hindert, diese qualitativen Bestimmungen auch schon in der äusseren Natur als seiend anzunehmen. Die dafür substituirte Wellenbewegung der Atome kann bleiben, allein es ist nicht nöthig, dass deshalb diese Qualitäten selbst eliminirt werden; beide können untrennbar und mit einander vereint in der Natur bestehn und Eigenschaften der Dinge bilden. Die Rechnungen der Naturforscher behalten dann ihre Gültigkeit, ohne jene Qualitäten aus dem äusseren Sein zu verdrängen. Deshalb habe ich in meinem Vortrage das Bild von dem „Ueberfliessen" gebraucht. Wenn man festhält, dass der Inhalt der Dinge, wenn man ihn von der Seinsform trennt, aus allen Fesseln des starren Seins gelöst ist und nach Art der Gedanken trotz der Mittheilung an seiner Intensität nichts einbüsst, so verschwinden die Bedenken, welche den von mir gemachten Annahmen aus der seienden Natur des Raumes und der Erschöpflichkeit eines seienden Inhaltes entgegengestellt werden könnten. Ebenso verschwindet dann die Schwierigkeit, welche der Verfasser für unlöslich hält, nämlich, dass das Räumliche nicht von Aussen in das Vorstellen eindringen könne; dies gilt nur von dem Räumlichen in der Seinsfom; aber das Räumliche ohne diese verliert diese Starrheit und Disparität; es ist gleichsam selbst vergeistigt und vermag als solches sehr wohl durch die Wahrnehmung von Aussen einzutreten und da sich in die Wissensform zu kleiden; ja man kann sagen: Es muss so sein; denn mag nun der Raum von Aussen oder von Innen kommen, immer ist er, ohne diese Unterscheidung, etwas mit der Natur des Wissens so Unverträgliches, dass seine Vorstellung in der Seele unbegreiflich ist. Nur der von der Seinsform befreite Raum oder der rein inhaltliche Raum hat diese Disparität nicht und macht einen Uebergang von Aussen begreiflich.

Diese Bemerkungen sollen natürlich keine Beweise für meine Ansicht sein; solche sind, wie ich selbst gesagt, hier unmöglich; sie sollen nur dazu dienen, Einwürfen, welche man von einem anderen Stanpunkte dagegen erheben könnte, zuvorzukommen.

Auch für die in den Dingen nach der Meinung des Verfassers steckenden Kategorien hat derselbe das „Unbewusste All-Eins" zu Hülfe nehmen müssen. Hier wird indess die Sache viel einfacher, wenn man zwischen den Einheitsformen, die schon innerhalb des Seins bestehen, und den Einheiten unterscheidet, die aus den Beziehungen der Dinge nur im Denken gebildet werden. Jene, die in der Stetigkeit des Raumes und der Zeit, in der Dieselbigkeit des Ortes und in der Kraft und dem Begehren enthalten sind, gehen als seiende Bestimmungen von selbst ihrem Inhalte nach in die Wahrnehmungsvorstellung mit über und es ist nicht blos die formlose Empfindung, welche von dem Gegenstande kommt, sondern all ihr Inhalt, nach Raum, Zeit, Gestalt, Bewegung, Grösse und den materiellen Qualitäten fliesst beim Wahrnehmen in das Wissen über; und zwar dies Alles nicht in einer ungeordneten Masse, sondern bereits geordnet und geeint durch die Gestalt und durch die Stetigkeit, in der die Eigenschaften an einander stossen, oder durch die Dieselbigkeit des Ortes, in dem diese Eigenschaften alle sich befinden. Wir brauchen also zu alledem keine Hülfe des Unbswussten.

Ebensowenig ist dies zu dem bewussten begrifflichen Trennen des Vorstellungsinhaltes nothwendig. Die Begriffe der Dinge sind unser Werk und nicht das des Unbewussten; das Trennen selbst geschieht ja auch nur an der Vorstellung, nicht an der Sache; folglich bedarf es hier keines Vermittlers, der diese Begriffe aus der Sache in die Vorstellung erst überführen müsste.

So bleiben nur die Beziehungen und Wissensarten; allein diese sind bereits als reine Formen des Denkens, die aus dessen eigener Thätigkeit hervorgehen und dem seienden Dinge nur im Denken übergezogen werden, dargelegt worden. Hier ist ein Uebergang solcher aus den Dingen in das Vorstellen weder nöthig, noch möglich und wir brauchen deshalb keine „Conformität der allgemeinen Vernunft", aus der der Verfasser ableitet, dass die Kategorien der Einheit, Vielheit, der Causalität, Subsistenz und Nothwendigkeit innerhalb des Dinges denen in dem gedachten Dinge genau entsprechen.

Was nun die Begründung der von dem Verfasser aufgestellten Lehre anlangt, so beansprucht er selbst dafür nicht mehr, als eine hohe Wahrscheinlichkeit. Wir begegnen also hier derselben Wahrscheinlichkeit, von der bereits in dem Vortrage gezeigt worden, dass deren Benutzung in diesen Höhen des Gedankens unzulässig ist. Abgesehen hievon, beruht die Begründung auf denselben erkenntnisstheoretischen Grundsätzen, wie sie innerhalb der besonderen Wissenschaften und im täglichen Leben benutzt werden. Man kann sich gern damit einverstanden erklären, allein die hier gegebene Darstellung wird wohl gezeigt haben, dass der Verfasser dabei zu Hypothesen genöthigt ist, deren Bedenklichkeit selbst auf solchen Grundlagen klar zu Tage liegt. Sein transcendentes Ding stützt sich im letzten Grunde auf das „Affizirt werden" beim Wahrnehmen; aus diesem soll folgen, „dass das Handelnde dieses Affizirens in einem Transcendenten zu „suchen ist". In diesem „Affiziren" ist nach dem Verfasser „die „Brücke zwischen Transcendentem und Immanentem gefunden".

Dann ist es allerdings nicht mehr schwer, dies Transcendente zu einer Ursache und weiter zu einem Seienden, Selbstständigen, Beharrlichen u. s. w. zu machen. Allein wer giebt dem Verfasser das Recht, dieses „Affizirt werden" für eine „reale Relation" zwischen dem Dinge und der Empfindung zu erklären? Ist „reale Relation" nicht ein Widerspruch? Kann die Empfindung, wie schon Fichte gesagt hat, nicht auch von innen veranlasst sein? All' die von dem Verfasser gegen die immanente Causalität zwischen den Vorstellungen geltend gemachten Gründe fallen, wenn man mit ihm noch eine Unzahl von unbewussten Vorstellungen in all' den zahllosen Ganglien des Gehirns und Rückenmarks u. s. w. annimmt; diese können dann neben den bewussten diese Causalität herstellen, so weit letztere dazu nicht ausreichen. Endlich ist die allgemeine Geltung der Causalität im Universum, im geistigen Gebiet wie in dem körperlichen, eine blosse *petitio principii*; die Naturwissenschaft mag sie sich gestatten; die Philosophie hat kein Recht dazu und damit wird jeder darauf gestützte Beweis zu einer Diallele oder einem Cirkelschluss.

Die induktive Methode und die in das Tiefste hinabsteigende und erschöpfende Untersuchungsweise des berühmten Verfassers ist mir so sympathisch, dass er entschuldigen möge, wenn ich hier versucht habe, von seiner Methode gegen ihn selbst da Gebrauch zu machen, wo der Idealismus seiner grossen Lehrer, Schelling's und Schopenhauer's, auch in ihm hervordringt und ihn zu dem Versuche verleitet, „spekulative Resultate nach induktiv-natur-„wissenschaftlicher Methode" zu gewinnen.

Druck von R. Boll in Berlin, Mittelstr. 29